나림 이병주의 문학과 아나키즘

책머리에

책머리에

2022년은 나림 이병주 선생의 30주기다. 30년은 한 세대다. 한 세대가 지나도 기억되는 작가는 귀하다.

나림은 작가가 되기 전 국제신보의 주필로 문명을 날렸던 언론인이다. 국제신보를 이은 국제신문의 후배들이 선배 이병주의 30주기에 특집을 마련했다. 나는 '나림 이병주 문학과 아나키즘'이란 주제의 연재로 그 기획에 동참했다. 조봉권 문학 에디터와 오상준 편집국장의 배려였다.

아홉 번의 연재가 진행되는 동안 함향의 임규찬 사장이 출판을 제안했다. 연재 내용은 모두 다 해도 200자 원고지 180매가 채 안 되는 분량이다. 적어도 곱하기 2는 되어야 책이 책답지 않을까 싶어, 연재 때 이상으로 공을 들였다. 분량에 더해 내용도 좀 친절하게 손봤다.

아나키즘 해설도 소상하게 하고, 장자 사상도 풀어썼다. 허균과 동정람 그리고 유태림 등 나림이 아낀 주인공의 행장도 좀 더 밀착해서 썼다. 신문 연재 때의 소략함이 책에선 수다스러움이 되지 않았나 하는 우려가 있다.

나림은 한 시대 정신적 대부였다. 전국에 나림의 훈도

를 받은 10만 명의 마니아가 있다. 그 마니아의 한 사람으로, 여기 감히 독후감 한 자락을 내 놓는다. 독후감을 준비하느라 이병주 소설을 다시 읽을 수 있어서 나는 즐거웠다. 독자들과 그 즐거움을 나누고 싶은 마음 간절하다.

2023년 봄

夏院에서

나는 자유

순서

프롤로그

에필로그

나는 자유

프롤로그

프롤로그

　나림 이병주는 큰 작가다. 우선, 사람의 두량 즉 볼륨과 스케일에서 크다. 다음, 아카데미즘의 깊이와 저널리즘의 넓이를 모두 갖춘 내공에서 깊고 크다. 그리고 작품의 분량과 소재에서 압도적으로 크다. 나림은 대문호다.

　작가란 성향 상 외류(外流)다. 작가는 대체로 오종종하고 꾀죄죄하다. 더러 괴팍한 인사도 있고 탁발한 사람도 있으나 아주 귀하게 대인 거인도 있다. 나림은 진정한 외류이고 대인이다. 외류는 내 멋에 사는 사람이며 자기 기준대로 사는 사람이다. 그 자유로움 때문에 사람의 크기와 넓이가 넉넉한 것이다. 공자나 장자 같은 정신적 거인들이 외류적 인물이고, 난세를 풍미했던 죽림칠현이나 시선(詩仙) 이태백도 외류의 전형이다. 나림이 흠모하고 사숙(私淑)했던 사마천도 외류다. 칠순 잔치에서 "내가 아직 철이 안 들어서…"라고 쑥스러워했던 나림도 물론 외류다.

　나림은 일본 메이지 대학에서 공부하고, 중국에서 학병으로 복무하다, 상하이에서 미군 수송선을 타고 귀국했다. 모교인 진주농고에서의 교사 생활을 시작으로 해인대학 교수를 거쳐 부산 국제신보에서 주필 겸 편집국장으로 일했다. 출옥 후 이화여대와 한국 외대에서 철학과 프랑스어를 가르쳤다.

나림의 출발은 학문이었다. 딜레당트라고 자조(自嘲)했으나 당대에 그에 방불할 다독가는 없었다. 동서양의 고전에 통달한 박학강기였고, 사상의 위대함과 불모성을 진즉에 간파한 비판적 지식인이었다. 지식인이란 당대의 현실에 대해 사상적 사유를 하는 사람이다. 큰 지식인이란 문명적 사유까지 하는 사람이다. 문명적 사유란 약자를 배려하고, 과거 현재 미래를 통시적으로 보는 역량이다. 본질과 핵심을 장악하는 강인한 내공을 지녔다.

하지만 나림은 강단 철학으로 만족하지 않았다. 격동의 시대에 저널리스트로 현장의 생생함을 기록하고 보도하고 논평하는데도 진력했다. 아카데미즘의 교양과 치열함 그리고 저널리즘의 절박함과 신선함을 모두 즐겼다. 다만 필명을 날리던 끝은 필화(筆禍)였다. "3류 대학의 3류 교수이니 9류다."라며 학자의 길은 스스로 포기했다. '조국은 없고 산하만 있다'라는 칼럼이 군사정권에 거슬려 언론인으로마저 좌절했다. "장군의 사상과 철학자의 사상이 같아야 하는" 엄혹하기도 하고 아이러니하기도 한 세상에서 나림이 선택한 제 3의 길은 기록자 문학이었다.

1965년 첫 중편 「소설 알렉산드리아」로 문단에 나온다. 문단은 쇼크였다. 작가들은 전율을 느꼈고, 비평가들은 손을 놓았으며, 독자들은 지적 충격에 행복했고 환호했다. 이후 약 30년 동안 매달 원고지 1,000장을 써서 100권에 달하는 소설과 에세이를 남겼다. 나림의 중단편은 아름답고 슬프며 유니크(Unique)하다. 「마술사」는 「소설 알렉산드리아」 못지않게 엑조틱(Exotic)하다. 장편은 단단한 서사에 기막힌 인물로 호방하다. 『산하』 『지리산』 『바람과 구름과 비』 『그해 5월』은 역사 교과서이고 정치학 텍스트다. 흐드러지고 질펀한 묘사와 기묘한 에피소드엔 그저 감탄할 따름이고, 동서양의 고전을 넘나드는 박물지 같은 지식과 현학엔 압도당하는 기분이다. 나림의 에세이들은 향기가 짙고 울림이 깊다.

나는 나림의 글을 10대 말에 처음 읽었다. 『관부연락선』을 읽고 세상에 이런 책도 있구나 싶었다. 읽고 또 읽고 하다가 진주와 하동 그리고 지리산까지 가 보았다. 해방정국 그 복잡다단한 시대를 살아낸 청춘들의 이야기 현장을 느껴보고 싶었다. 1974년 일이다. 검정고시에 응시하던 해다. 내가 정치사상을 전공하게 된 이유 중 하나가 나림의 영향이다. 구체적으론 『관부연락선』의 지적 충격이다.

나림은 정치사상에 대한 이해가 깊다. 민주주의와 자유

주의 그리고 사회주의와 공화주의의 핵심을 파악하고 있다. 혁명의 이론에도 밝고, 쿠데타의 시종(始終)과 역사적 평가에도 통달해 있다. 특히 공산주의 사상과 운동에 대한 이해와 비판은 압권이다. 의분(義憤)으로 쓴 『지리산』은 기막힌 정치사상 텍스트다.

소싯적부터 동양 고전을 배웠고, 유학시절엔 서양 철학을 깊이 읽기(Deep Reading) 했으며, 감옥에선 사마천을 만났다. 해방정국과 전쟁을 겪으며 인간의 수성(獸性)을 경험했다. 독재와 군사 쿠데타를 거치며 양가적(兩價的, Ambivalent) 존재로서의 인간이 동시에 갖고 있는 선함과 악함의 스펙트럼을 절감했다. 인간 정신과 세상 이치의 부득이함을 느낀 것이다. 정치권력의 무서움과 정치사상의 불모성(不毛性)을 두루 체험했다. 천재가 대재(大才)가 되는 과정은 고달프다.

나림 30주기에 독후감을 쓰기 시작했다. 문학 비평은 아니다. 그럴 깜냥이 못 된다. 문학 공부를 한 적 없고, 비평을 연구한 바도 없다. 다만 그의 훈도로 사상을 공부한 정치학도로서 서툰 감상을 몇 마디 표현해 볼 뿐이다. 아주 작게나마 학은(學恩)을 갚는 길이기도 하다. 나림이 여러 변주로 묘사한 아나키즘이란 시각으로 '이병주 읽기'를 시도해 보았다.

I. 이병주 소설의 자유인들

아나키즘은 천의 얼굴을 가진 사상이다. 이르게는 노자의 무위 정치와 장자의 소요유(逍遙遊) 그리고 디오게네스를 비롯한 키니코스 학파의 주장과 처세가 있다. 위진(魏晉)시대의 죽림칠현이 누린 유유자적이나 토머스 모어가 구상한 유토피아도 아나키즘의 한 모습이다. 한때 테러리즘의 시대엔 폭력과 파괴의 대명사였던 적도 있다. 지금은 생태주의나 협동조합의 모습으로 우리 가까이에 존재한다. 인터넷 공간 그리고 가상화폐 구상도 기왕에 아나키즘의 한 표현이다. 아나키즘은 인류적 차원에서 정신의 해방이다. 그래서 영구적으로 복원되는 것이다.

그런데 아나키즘의 모습이 얼마나 다양하든 결정적인 공통점이 하나 있다. 바로 사람의 선함에 대한 깊은 신뢰다. 인간의 선성(善性)을 굳게 믿는 덕에 연대와 상호부조를 말할 수 있는 것이다. 그런 기초 위에 아나키스트들은 자유와 자율에 천착한다. 자유를 신봉하는 아나키스트. 자율 공동체를 지향하는 아나키스트. 그들을 영국의 생활 아나키스트 콜린 워드는 "행동하는 아나키(Anarchy in

Action)"라고 표현했고, 독실한 사상가이자 운동가였던 허유 하기락은 "자주인(Self-Master)"이라고 명명했다.

여기에 더해 진정한 아나키스트만의 대단함이 있다. 고매한 인격과 형형한 인품이다. 우리 시대엔 사라져버린 거인과 대인 그리고 도골선풍(道骨仙風)의 인물들이 바로 아나키스트다. 이를테면 1920-30년대 엄혹했던 식민지 시대에 휴머니즘과 의협심을 보여주었던 이회영 유자명 신채호 이정규 등 그 이름만으로도 옷깃을 여미게 하는 거인들 그리고 백정기 이강훈 원심창 같은 형형한 인물들이다.

「그 테러리스트를 위한 만사」 1983

나림 이병주의 소설 『그 테러리스트를 위한 만사』에 그런 인물이 등장한다. 이름도 특이한 동정람이란 노인이다. 출신과 성장 과정도 예사롭지 않다. 고아로 하얼빈의 러시아 정교회 신부 슬하에서 자란다. 동(東)이란 성은 그 신부가 지어준 것으로 동정람의 뿌리 없는 삶을 상징한다. 동녘 동은 한국에선 전무후무한 성씨다. 고요할 정(靜)에 샛바람 람(嵐)이란 이름도 모순적인 일생과 잘 어울린다. 동정람은 유라시아 대륙을 종횡했던 아나키스트 독립투사다.

　"부드럽고 가식 없는 태도로 빈곤과 병고를 견뎌내는, 학처럼 꼿꼿한" 하경산은 동정람의 집우(執友)다. 그는 "젊어서부터 의협심으로 누구보다 먼저 일처리를 한 다음 밤 세워 신화와 박물지를 독파하는 사람"이라고 동정람을 평한다.

백정기|1896~1934 출처:국제신문

이 대목은 '육삼정 사건'의 주역인 백정기 의사를 그리며 이강훈이 했던 회고와 아주 닮았다. "백정기는 청렴결백, 의리, 신뢰, 의용, 강직 등 모든 미덕을 갖춘 자유 혁명가의 전형적인 인물이다. 그는 사지로 나아갈 때는 항상 앞장서기를 원했으며, 동지를 사랑하고 아끼는 마음씨는 최고의 휴머니스트라고 해도 지나친 평이 아니다. 어느 의미에서는 성인(聖人)에 가까운 점도 없지 않았다." 가히 자유연대와 직접행동의 한 상징이다. 자유연대는 휴머니스트가 아니면 할 수 없는 일이고, 직접행동은 희생정신이 없으면 안 된다. 한편으론 테러리즘의 선봉의 모습, 다른 한편으론 더 없는 성자의 모습을 겸전한 참으로 탁발한 인물이었다.

테러를 감행하는 아나키스트와 고매한 인격. 연결이 잘 안 된다. 하지만 그 모순된 모습이 꼭 모순되는 건 아니다. 근대 아나키즘을 집대성한 크로포트킨의 용어로 하자면 "고귀한 동기(Noble Motives)를 가진 테러"다. 최소한의 희생과 상처로 거대한 목표를 이루는 것이다. 폭력의 미학과 살신성인의 비장함이 있다. 그 어려운 이야기를 나림은 동정람의 사연으로 풀어가는 것이다.

여기서 꼭 짚어야 할 대목이 있다. 나림은 소설에서뿐 아니라 실제로 병들고 외로운 독립지사들을 가까이 모셨다는 사실이다. 도움도 드리고, 그분들의 기억을 채보하여 기록으로 남기기도 했다. 소설의 시대 배경인 1960년대는 나라가 있게 한 독립지사들을 나라조차 제대로 대우하지 못하던 시절이다. 아니 대우는커녕 혁신계로 분류된 인사들은 예년에 없던 박해를 받았다. 심지어 5.16 직후엔 평생 애국 애족하던 최근우 같은 노 지사까지 옥사하는 일이 있었다. 일제도 감히 어쩌지 못했던 골기의 인사를 차가운 서대문 감옥에서 죽게 만들다니, 비참의 극이란 표현으론 오히려 부족하다. 그저 어이없다고 할 따름이다. 그 상황을 나림은 『그해 5월』에서 언급한다.

나림 자신도 공덕동 달동네에서 전세 살고 있다고 설정할 정도로 곤궁하던 시절이다. 필화 사건으로 2년 7개월의 영어(囹圄) 생활을 마치고 전전긍긍하던 시간이다. 때가 아닐 때 베풀 줄 아는 사람이 진정 대인이다. 사실 나림은 출감 후 옥바라지를 했던 여인과 두어 달 공덕동 달동네에서 지낸 적이 있다. 정보부 차장을 하던 제종 형 이병두의 주선으로 그 집을 나오게 되지만, 그 시절의 경험을 장편 『낙엽』과 중편 『그 테러리스트를 위한 만사』로 표현한 것이다. 두 작품 모두에서 정신적 지주인 노 혁명가를 깍듯이 모신다. 공덕동의 여인은 나림이 두고 간 책을 끝까지 버리지 않았다고 한다. 정 많고 호학하는 나림이 혹시 책 때문에 돌아올까 기다렸다는 뜻이다.

　나림의 작품엔 아나키즘 언급이 잦고 아나키스트가 상당히 많이 등장한다. 딱히 아나키즘이라고 까진 밝히지 않아도 낭만적 휴머니즘이나 허무주의의 모습으로 묘사된 경우도 많다. "허무주의가 끼어들면 어떤 사상도 의미가 없어진다."라고 하거나, 니힐리즘과 테러리즘 그리고 데카당스 등 다양한 변주로 아나키즘을 폭넓게 해석한다. 나림이 일관되게 주장하는 세계 평화나 호혜주의 그리고 사해동포주의는 아나키즘의 또 다른 표현들이다.

어니스트 헤밍웨이|1899~1961

헤밍웨이와 대형 청새치

아나키스트의 운명은 헤밍웨이의 『노인과 바다』에 나오는 청새치 같은 존재다. 뜯어 먹혀도 또 다시 나가서 잡아들여오는 존재다. 아나키즘은 끊임없이 복원되고 아나키스트는 끝없이 나타난다.

나림은 기본적으로 탈이념주의자다. 사상이나 이론의 끝엔 웃음이나 슬픔이 있어야 한다. 적당한 곳에서 웃어버리든 울어버려야지 끝장 보려고 덤비면 살벌해지고 각박해지고 만다. 결국 이데올로기 때문에 죽고 죽이는 사태가 발생하는 것이란 인식이다. 나림은 모든 폭력과 억압에 대한 저항은 아나키즘이라고 여긴다. "자유로운 처지가 최선"이라는 신념이 확고하다.

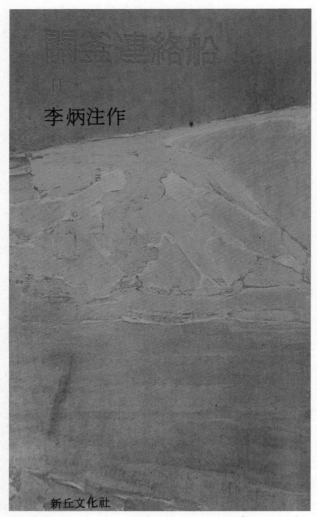

「관부연락선」1972

대표적인 인물이 『관부연락선』의 유태림과 『그해 5월』의 성유정이다. 그들은 자유주의자이며 휴머니스트다. 그리고 딜레당트다. 유태림은 "나는 망명인으로서의 내 숙명을 감상(感傷)하고 있었다. 코스모폴리탄이란 견식을 모방하고, 에트랑제를 뽐내는 천박한 기분으로....."라고 자책하지만, 결코 서투른 인물이 아니다. 제대로 공부한 사람이고 분별력 있는 지식인이다. 해방정국 모교 교단에 서서 좌우 어디에도 치우치지 않고 오직 학생들을 곱게 졸업시키는 데만 집중하겠다는 의지를 보인다. 결과 "학급 33명을 모두 무사히 졸업시키고 그 중 29명은 일류의 인물로 활약하고" 있다. 『관부연락선』의 에필로그는 "중년이 된 그 학생들이 지금도 유태림의 일들을 회상하곤 정신의 영양으로 삼는다."고 마무리 한다.

　유태림은 이병주의 3분의 1 분신이다. 유태림의 친구 이 선생도 3분의 1의 분신이다. 한 주인공만으로는 다 설명할 수 없기 때문이다. 유태림과 이 선생이 재직하던 해방정국의 진주농고엔 교사가 60명 있었는데 그 중 50명이 남로당원이거나 동조자였다. 학생들도 학생동맹이란 좌익 단체가 일방적으로 강했다. 유태림은 회색이고, 두세 명은 우익이니 세 대결이랄 것도 없었다. 연일 좌익 세력의 공격과 농단이 이어지는 대목에서 물의 논리와 불의 논리의 차이를 설명하며 물색없이 꿋꿋하게 학생들의 자중자애를 훈도하는 유태림이 허튼 인물일 수는 없다. 물의 논리는 체제 내의 변혁이고, 불의 논리는 반체제적 저항이다. "학생은 시대의 선두에 서는 양심이어야 한다는 의미와 장래의 역군으로서의 보류된 신분이라는 사실이 상충한다."고 강조하며, 이데올로기의 주인이 될 정도의 소양과 근기를 갖추기 전에 섣불리 이데올로기에 빠지지 말라는 충고는 거의 목숨을 건 투쟁이었다. 자유주의자이자 휴머니스트인 유태림의 진심을 이해한 학생들은 심복하고 따른다.

성유정은 여러 작품에서 인사와 세사에 통달하고 초연한 어른의 역할을 한다. 인간이란 존재는 누구나 모순투성이이며, 사람을 흑백으로 나눌 수는 없다는 사실 그리고 역사는 좌나 우로 흔들려서는 안 되고 가운데를 쥐어야 한다는 사실을 말과 태도로 보여준다. 참된 지식인의 색깔은 흑도 백도 아닌 회색이다. 회색은 포용의 색이다. 그런 성유정은 유태림 이상으로 데카당스이며 딜레땅트다. 나름이 즐겨 표현하는 봉상스(Bon Sens. Good Sense) 있는 딜레땅트(Dilettante) 즉 양식(良識)을 가진 도락가(道樂家)다. 그의 자유인으로서의 넉넉함과 초연함은 『그해 5월』뿐 아니라 「망명의 늪」에서도 드러난다. 『세우지 않은 비명』은 성유정 자신을 위한 만사(輓詞)다. 물론 성유정도 이병주의 분신이다.

「지리산」1985

『지리산』의 진주 하 부자와 그의 친구 권창혁도 자유주의적 휴머니스트다. 그리고 허무주의자다. 하 부자가 기질과 출신배경으로 볼 때 거의 생래적이라면, 권창혁은 몸으로 마음으로 온갖 곡절과 고초를 겪은 후천적이라는 차이는 있지만 그 둘의 존재감은 크고 무겁다. 어른의 한 전형이다. 하 부자는 수만 권의 영어 프랑스어 독일어 일본어 한문 책을 꼼꼼히 읽은 장서가(藏書家)이자 재력가로, 천재를 지닌 저항적 젊은이들에게 인문적 자극을 주고 섣부른 행동을 자제하라 조언하며 난세에 다치지 않고 대성하길 바라는 일념으로 끝없이 후원한다.

　권창혁은 지리산에서 박태영을 비롯한 '그 반항적 청년들'을 만나 절대로 지켜야 할 절대적 진리는 없다는 철학을 일러주고 너무 간단히 운명을 결정해선 안 된다는 사실을 넛지(Nudge)한다. 남로당의 거물 이현상이 하준수와 박태영을 공산당 활동가로 영입하고자 애쓰는 장면에서 공산주의 사상과 운동을 놓고 벌이는 토론은 불꽃을 튀기지만, 권창혁은 정치사상의 불모성을 이미 깊이 체험한 사람이다. 복잡한 문제를 지나치게 단순화하는 건 본질을 놓치는 위험이 있다는 사실을 일깨워주고, 대중을 위해 스스로의 행복을 희생하겠다고 나서는 사람들의 위선과 착각 즉 사행(射倖)적 야심을 경계하라고 조언할 뿐

그 이상의 열정은 보이지 않는다. 사상의 정열과 허망을 경험한 그는 스스로를 다 타버린 숯이라고 한다. '화려한 약속 우울한 성과'를 본 끝이고 천국을 장담했으나 지옥을 보여준 '치명적 자만'을 확인한 탓이다. 권창혁의 정치적 태도는 니힐리즘이고 초연함이다.

「미완의 극」1982

『미완의 극』의 유한일도 니힐리스트이고 자유주의자이며 테러리스트다. 모험심과 정의감으로 뭉친 세계 각국의 청년들로 구성된 테러리스트 조직, 유한일이 주도하는 그 조직은 이름 하여 "0 차원의 집합"이다. 휴머니즘을 철학으로 하는 테러리스트 조직에게 나림은 함축적이면서도 낭만적인 이름을 지어준 것이다. "0 차원이란 수학적으로 점(點)이다. 점의 연속은 선(線)인데, 선은 침투력은 있지만 폭발력이 없다. 그런데 집합체로 된 0 차원은 폭발력이 있다."는 해설도 인상적이다. 세계 국가를 꿈꾸는 유한일의 소울 메이트인 램스도프가 한 이 말도 이병주식 아나키즘의 한 변주다. "세계의 모든 사람이 니힐리즘을 이해했을 때 그 때 세계 국가가 이루어 질 수 있다."

나림의 자유인 이야기는 조선시대의 독보적인 자유인 허균에 이어 대 자유인 장자에까지 이른다. 나림의 아나키즘은 『허균』에서 본격화되어 『장자에게 길을 묻다』로 대미를 장식한다. '나림 작품 속의 자유인들'을 마무리하기 전에 백정기 의사와 '육삼정 사건'을 간단히 해설한다. 백정기의 인물됨은 '그 테러리스트' 동정람과 닮았고, 육삼정(六三亭)은 유작 『별이 차가운 밤이면』에 등장하는 공간이다. 나림이 뜻을 둔 인물이고 장소인 것이다. 나림의 테러에 대한 견해를 확인할 수 있는 대목이기도 하다.

백정기는 독립운동사의 3대 의사(義士)에 꼽히는 인물이다. 1946년 7월 6일 서울에서 '3의사 국민장'이 성대하게 거행되었다. 그날 시민들이 애도했던 세 분의 의사는 이봉창 윤봉길 그리고 백정기다. 일제에 직접행동으로 항거한 대표적인 의사라는 역사적 평가가 이미 이루어진 인물이다.

백정기, 이회영

백정기는 1924년 베이징에서 우당 이회영이 아나키스트 단체를 구성할 때 6인 창립 멤버로 참여한 이래 줄곧 행동으로 앞장섰다. 1931년 상하이에서 한중일 아나키스

트들이 '항일구국연맹'을 만들 때도 주도했고 '흑색 공포
단'이란 비밀결사를 조직한다. 이듬해 우당이 순국한 이
후엔 '항일구국연맹'을 직접 지휘한다.

해방 후 생존한 의열단으로 추정

 '흑색 공포단'의 첫 번째 작업은 친일 정치인 왕징웨이
를 처단하는 것이었다. 한중일 대표 3인이 상하이 북쪽
역에서 저격했으나 총상만 입히고 실패했다. 이 거사 실
패로 한국 아나키스트들은 베이스캠프이자 스폰서 역할
을 해주었던 중국의 우군을 잃게 된다. 중국 아나키스트
들은 이어 쑨원과 장제스의 처남인 재계의 거두 송쯔원
암살마저 미수에 그쳐 국민당 정보기관 남의사에 쫓겨 결

국 홍콩으로 피신하게 된다. 그간 이들이 제공했던 인맥 정보 자금 모두 아쉽게 된 것이다.

두 번째 작업은 이듬해 홍커우 공원에서 열리는 일본 천장절 행사에서 직접 행동을 시위하는 것이었다. 백정기는 공원을 사전 답사했으나 초청장을 구해주기로 한 중국 동지가 약속을 지키지 못해 입장하지 못했다. 이 거사는 윤봉길 의사가 폭탄을 투척하면서 항일의 시위 효과는 충분히 전달했다.

육삼정 의거는 다시 1년 뒤인 1933년 3월의 일이다. 주 상하이 일본 공사 아리요시 아키라에게 폭탄을 투척하는 계획으로, 장소는 중국 요인들과의 연회장인 요정 육삼정이었다. 아리요시는 당시엔 주 중화민국 전권공사였으나 2년 뒤에 초대 대사가 되는 거물 외교관이다. 결론부터 말하자면, 이 거사는 정신적 지주 이회영을 잃은 비통함에 다소의 조급함까지 더해진 탓에다 밀정의 간계로 사전 발각되어 무산된다. '제2의 윤봉길 의거'로 구상했으나 실패하여 '아리요시 아키라 공사 암살 미수 사건'이라 부르기도 한다.

아리요시 암살 미수 사건의 핵심은 밀정 때문에 실패했다는 사실이다. 밀정은 친일반역자 중에서도 가장 대응하기 힘든 존재로, 아나키스트들이 기왕에도 엄중하게 여겨

왔다. 유자명은 밀정에 대해 이렇게 말한 바 있다. "일본 특무의 숫자가 특히 많고 수단도 교활하고 여러 가지인데 참 듣는 사람의 마음을 놀라게 한다. 또 깊이 잠복하는데 어떤 구멍이라도 다 파고든다. 적의 특무인수는 망명자 수의 3배에 달한다고 한다. 그들이 쳐 놓은 함정 때문에 많은 망명자들이 그냥 생명을 희생한 것이 적지 않다."

백정기, 유자명, 이회영 출처:국제신문

일본의 밀정 공작은 참으로 집요하고 교묘했다. 기록도 거의 남기지 않는다. 철저하게 점으로 연결되어 극소수의 사람만이 파악하고 관리하는 것이다. 현실은 영화 '암살'이나 '밀정'에서 보는 이상이었을 것이다. 우당 이회영이 마지막 사업으로 만주에 독립 기지를 세우려 다롄으로 이동하는 과정에 체포되어 결국 생을 마감하게 되는 것도 밀정의 밀고 때문이었다. 만주로 가는 우당이 형님 석영에게 작별 인사를 하는 걸 조카들이 엿듣고 일본 첩보기관에 밀고한 것이다. 천하의 우당의 가족이 밀정이었다.

밀정의 농간으로 거사에 실패한 백정기 이강훈 원심창은 체포되어 백정기는 복역 중 병사하고, 이강훈과 원심창은 해방 후 출옥하여 원심창은 재일 거류민단 단장을, 이강훈은 훗날 광복회 회장을 역임한다.

2. 『그 테러리스트를 위한 만사』와 아나키스트

　나림 이병주는 만사(輓詞)를 여러 번 썼다. 지리산에서 스러진 친구들을 위해서도 썼고, 식민지 시대와 해방 정국을 살아낸 청춘들을 위해서도 썼으며, 자신의 죽음을 예감하고도 10년 미리 만사를 썼다.

　만사는 어느 만사이든 다 사연이 있지만 '그 테러리스트' 동정람을 위한 만사는 특히 사연이 깊다. 동정람은 "정말 특이한 재질과 희귀한 품격을 가졌으면서도 그 보람을 꽃피우지 못하고 누항에 묻혀 살다가 세상을 떠난 사람"이다. 유라시아 대륙을 종횡하며 숱한 테러에 앞장섰던 독립투사이지만 굳이 공을 내세우지 않는다. 아나키스트의 미덕을 지닌 자유인이다.

　중편 소설 『그 테러리스트를 위한 만사』는 1983년 작품이다. 나림은 "그 때까지 썼던 소설 중 가장 자부심을 느끼는 소설"이라고 하며, 실재 인물을 1.5배 확대하고 약간의 픽션을 더했을 뿐이라고 부연했다. 굳이 부풀리지 않아도 그 자체로 기막힌 인물의 이야기다. 나림의 품인(品人) 또한 따뜻하고 진지하다. 나림의 글은 박력 있으면서도 섬세하고 마초같이 거칠면서도 온화한 느낌을 주는데 이 작품은 유난히 더 그렇다. 동정람에 대한 경모와 애틋함이 짙다.

「그 테러리스트를 위한 만사」 1983

    1.5배로 부풀려 캐릭터를 만드는 건 나림의 소설 작법이다. 3배로 부풀리면 오히려 실감이 덜 하고, 실물대로 하면 볼품이 없다. 1.5배는 과장이 아니다. 1.5배로 확대해서 쓸 인물이 아니면 아예 쓸 것도 없다는 게 나림의 지론이다. 현실의 1.5배가 되어야 다큐멘터리가 아니라 소설이 되는 것이다.

    만사는 기리려는 사람의 행장(行狀)을 기록한 것이다. 생각과 활동 그리고 품성과 인간관계 등을 두루 망라한다. 사실 사람을 설명하긴 어려운 일이다. 두 가지 이유다. 먼저, 만사를 쓰는 사람은 만사의 주인공을 사랑하고 아끼면 그만이지 분석하고 연구하고 할 일은 아니기 때문이다. 다음, 사람은 대체로 미덥거나 아니면 사랑스럽거나 둘 중 하나이지 그 둘을 겸비하긴 어렵기 때문이다. 중국 청말민초(淸末民初)의 대학자 왕궈웨이(王國維)는 "미더운 사람은 사랑스럽지 않고, 사랑스러운 사람은 미덥지 않다."고 말한 바 있다. 미더운 사람이 안정감 형이라면 사랑스러운 사람은 쾌감 형이다. 한 사람이 안정감과 쾌감을 다 갖춘 경우는 전혀 없지는 않으나 희귀하다. 그럼에도 사람들은 모두 "그 사람은 어떤 사람이냐"며 묻는다. 참으로 어리석은 질문이다. 하지만 만사를 쓰려면 그 어리석은 질문에 답을 해야 한다. 사람됨과 사상 그리고 주요 행적 등으로 나누어 만사를 정리해 본다.

우선, 동정람은 "욕심이 전연 없는 사람"이고, "미소가 그냥 잔주름으로 새겨진 듯한 부드러운 인상"의 일흔 노인이다. "순진하면서도 세상일을 다 알고 있는" 자유인이자 초인(超人)이다. 나림의 이 표현은 순수하다는 뜻이다. 순수와 순진을 굳이 구분하자면, 순진이 한 번도 더럽혀본 적 없는 손수건처럼 흰 것이라면 순수는 수없이 때 묻고 빨고 했지만 여전히 흰색을 유지하는 것을 말한다. 동정람은 물색없는 순진이 아니라 순수다. 나림은 그런 그를 "순진하면서도 세상일을 다 알고 있다"라고 묘사한 것이다.

동정람의 예술뿐 아니라 동정람이라는 사람에 깊이 빠진 작곡가 처자 임영숙은 "70년 넘게 시궁창 같이 오염된 사회에 살면서 어떻게 심성이 그렇게 깨끗할 수 있을까. 너무너무 기막히다."며 감탄한다. 나림이 즐겨 인용하는 니체의 명언과 겹치는 대목이다. "사람은 탁한 강물이다. 그걸 받아들이려면 모름지기 대해(大海)가 되어야 한다." 동정람이 초인인 이유다.

동 노인은 퉁소를 기막히게 부는 천재적 예술가다. 그가 "무언가를 하다 기약 없이 한 번씩 들르는" 경산의 집에서 한 곡 불기 시작하면 절로 모인 이웃 사람들이 담을 삥 둘러싸고 뜰에 까지 들어와 모두 감상에 젖는다. 감탄의 말도 못하고 넋을 잃은 채 멍하니 황홀감에 빠진다. "거대한 오케스트라가 만들어내는 음량을 집약하여 한 줄기 단음으로 심포니를 듣는 것과 같은 효과를 만들어낸 기량"이다. 피엘 랑팔의 플루트 소리가 천재의 소리라면 동정람의 피리 소리는 신의 소리라고 할 정도로 격이 다르다.

동정람은 신화와 동물학에 정통한 박람강기의 지성인이기도 하다. 러시아 문학을 비롯한 문학과 신화에 정통한 그는 신화 공부의 연장으로 곰과 호랑이 등 동물학 분야에도 박학다식하다. 이 대목은 크로포트킨을 연상시킨다.

표트르 알렉시예비치 크로포트킨1842~1921

크로포트킨은 지리학자로 유라시아 대륙의 지질과 동식물을 연구하며 상호부조(Mutual Aid)를 주장했다. 다윈의 적자생존만으론 자연계와 인간계를 설명하기 어려우니 부족한 부분은 호조합작으로 보완해야 한다는 것이다. 크로포트킨은 과학자로 아나키즘에 과학적 토대를 놓았다. 그는 인품이 훌륭한 신사였고, 사람의 선함에 대한 신뢰가 투철했다. 크로포트킨의 아나키즘은 20세기 초 전 세계적으로 크게 유행했다. 한국 일본 중국의 아나키스트 모두 그를 추종했다.

근대 아나키즘의 사상과 운동이 동아시아에서 시작된 건 20세기 초다. 일본은 고도쿠 슈스이(幸德秋水)가 의회주의를 포기하고 직접행동론을 주장한 1906년부터이고, 중국은 류스페이와 장빙린 등 도쿄 망명인사의 '천의(天義)파'와 리스쩡과 우즈후이 등 프랑스 망명인사의 '신세기파'가 활동하기 시작한 1907년부터이다. 한국은 다소 늦은 1919년 이후에 재일 유학생과 노동자 그리고 중국에 망명해 있던 독립투사들이 아나키즘 단체를 조직하면서부터이다. 다만 도쿄에서 아나키스트의 주도 하에 결성한 동아시아 최초의 반제국주의 단체 '아주화친회(亞洲和親會)'에 조소앙을 비롯한 다수의 한국인이 참여한 기록은 있다.

한국 아나키즘은 일본이나 중국과는 달리 가혹한 식민지 상황에서 시작되었다는 한계가 분명하다. 당대 영국의 대표적인 아나키스트 존 크럼은 "한국 아나키즘은 기본적으로 민족주의 때문에 타락했다"고 했고, 한국 아나키즘 운동은 "충격적이고 일탈적이다"라고도 했다. 그는 한국 아나키즘 운동의 독특함을 설명하면서 그 어떤 연구에서도 철저한 식민지 상황에서 아나키즘이 뿌리내린 경우를 보지 못했다고도 했다. 존 크럼의 이런 평가에 대해선 충분히 논쟁할 수도 있다. 다만 중요한 포인트는 반식민지 해방투쟁이라는 시대적 과제가 한국 아나키즘의 수용과 운동에 결정적이었다는 사실이다.

미하일 알렉산드로비치 바쿠닌1814~1876

피에르 조제프 프루동1809~1865

우당 이회영도 아나키즘을 사상적 기조로 삼은 이유를 "현재 우리 독립운동의 현실로 보아 가장 실체적인 이론이오, 가장 적절한 방법론이라고 생각하기 때문이다"라고 밝힌 바 있다. 반식민지 해방투쟁이라는 한계는 아나키즘 활동과 함께 진행해야 할 현실적인 과제였던 것이다. 단재 신채호도 민족주의와 아나키즘 사이에서 고민하다 결국 '아나키즘의 조선'이 아니라 '조선의 아나키즘'으로 귀결했다. 사실 우당이나 단재가 아나키스트가 되는 과정에서 깊은 영향을 끼쳤던 크로포트킨부터가 지독하게 조국 러시아를 사랑했던 민족주의자이다.

단재 신채호1880~1936

이회영은 이정규의 소개로 베이징 대학의 리스쩡(李石曾)과 교유하며 아나키즘에 경도된다. 리스쩡은 1세대 아나키스트로 1907년 파리에서 아나키스트 단체 '세계사'를 조직하고, 기관 잡지 '신세기'를 발간했다. 프랑스엔 아나키즘 대표 잡지로 '신세기'가 있었다. 크로포트킨주의자이며 청교도적 혁명가인 장 그라브가 편집자였다. 당시는 프랑스 아나키즘의 전성기로 장 그라브와 엘리제 르클뤼가 해석한 크로포트킨 사상이 대유행이었다. 리스쩡은 이들과 교류하며 크로포트킨 사상을 만나는데, 경도된 이유는 두 가지다.

첫째, 당시 중국이 처한 상황에서 상호부조론은 상당한 위안이었다. 적자생존과 약육강식의 논리로 무장한 제국주의의 침탈에 시달리던 중국에게 크로포트킨의 상호부조론은 기막힌 문제 해결 방식이었다. 스펜서의 사회진화론을 당연한 것으로 여겨 어쩔 수 없이 수용하며 무기력에 고뇌하던 대목에서 일거에 사상적 현실적 딜레마를 해소해주는 논리였기 때문이다. 상호부조론은 제국주의 위협에 대항하는 국제적 민중 연대라는 논리를 제공했다. 다만 신세기파든 천의파든 모두 시간과의 조급한 경쟁을 하다 보니 급진적이긴 했으나, 한편으론 민족주의적 성향 또한 아주 강했다.

둘째, 교육과 훈도를 강조한 장기적 혁명론이 중국 사
정에 적실했다. 크로포트킨은 바쿠닌 식의 테러리즘도 반
대했고, 공산주의 식 권위주의 또한 찬성하지 않았다. 혁
명은 의도적으로 일으킨다고 되는 게 아니라 민중의 의식
개혁이 이루어지는 게 중요하다고 했다. 이른바 계몽적
아나키즘이다.

류스페이|1884~1919

도쿄에서 '천의'를 발간했던 또 다른 1세대 아나키스트 류스페이는 크로포트킨을 노자에 비겼고, 크로포트킨의 고대 공산제를 정전제에 비유했다. 크로포트킨의 농공(農工) 합작과 육체노동 정신노동을 함께 하는 자족적 공동체 구상을 더욱 정교하게 다듬어 '인류균력설'을 주장하기도 했다.

바진·리야오탕1904~2005

2세대 아나키스트 리야오탕은 필명을 바진(巴金)으로 정했을 정도다. 바는 바쿠닌(巴枯寧)의 첫 글자에서 따오고, 진은 크로포트킨(克魯泡特金)의 끝 자에서 따온 것이다.

이회영을 비롯한 한국의 아나키스트들도 크로포트킨의 영향을 깊이 받았다. 이회영은 크로포트킨 사상을 전통적 공동체주의 이념인 대동사상과 결합해 이해했다. 신채호도 일찍이 류스페이의 논설을 탐독하며 크로포트킨을 이해하고 있었다. 1921년 베이징에서 크로포트킨주의자 리스쩡의 도움으로 잡지 '천고(天鼓)'를 발행한 바 있다. 신채호는 세계 5대 성인으로 크로포트킨을 꼽을 정도로 심취했다. 신채호 또한 이회영 이상으로 주체성을 강조했다. 아나키즘 수용도 상호부조론이 사회진화론의 적자생존 논리를 극복하는데 가장 적합한 논리라고 여겼기 때문이다. 물론 민족주의에서 아나키즘으로의 사상적 전이의 배경엔 상호부조론이 준 지적 충격 말고도 다른 요인이 있다. 1920년대 일제의 문화 통치와 타협해버린 민족주의 운동에 실망하고, 임시정부의 비폭력적 외교 노선에 실망한 탓도 크다. 신채호는 피가 뜨거운 지사였다. 미적지근한 전략에 만족할 수 없는 열혈 투사였다.

블라디미르 일리치 레닌1870~1924

다음, 동정람은 "당시 생존해 있는 사람 중 레닌을 친구로 만났던 유일한 인물"이다. 처음엔 이동휘의 통역으로 만났고, 여운형과의 만남에도 동석했지만 그 후로는 친구로서 만난다. 레닌의 서재에서 프세볼로트 가르신의 『붉은 꽃』을 골라 선물로 받고, "바른 말을 하는 정직한 청년"이란 칭찬에다 용돈까지 받아온다. 이동휘가 김규식 안공근 등과 레닌을 만나 200만 루블의 후원을 받은 것은 1920년의 일이다. 동정람은 모스크바에서 대학을 다니고 있었고 그 자리의 통역이었다. 여운형은 2년 뒤 레닌과 트로츠키를 만나는데 동정람은 그 자리에도 동석했다.

동정람은 "레닌으로부터 얻은 최대의 교훈은 공산주의는 불가능하다는 것이다. 레닌 같은 인물도 감당하지 못하는 공산주의를 우리가 어떻게 감당하겠는가." 라고 직접 말했다고 한다. 레닌과의 인간적인 교류와 공산주의의 경직성을 구분한 동정람은 이런 말도 한다. "나처럼 철저한 반공주의자도 없을 거라. 나는 공산주의자와 피나는 싸움을 했으니까. 그러나 정치적으로 사상적으로 반대 진영에 있다고 해도 상대방의 장점과 단점은 분별해줘야 옳은 투쟁이라고 생각해." 동정람의 총명함과 솔직함이 빛난다.

공산주의와 아나키즘의 차이를 나림은 "공산주의는 경

화된 속박의 사상, 아나키즘은 유연한 자유의 사상"이라
고 정리했다. 국가라는 실체에 대한 견해 차이가 크고, 권
력을 보는 시각 차이 또한 크다. 제1 인터내셔널에서 마
르크스와 바쿠닌이 결별한 이유가 바로 그 문제다. 레닌
과 크로포트킨이 함께 할 수 없었던 이유 또한 그것이다.
공산혁명 후 볼셰비키가 아나키스트 서클을 탄압하고 숙
청하자 크로포트킨은 레닌에게 "권위주의의 착각에 빠져
가장 기본적인 인간의 순수한 의사 표현까지 짓밟는 행패
를 부리고 있다."는 비판 서신을 보낸 바 있다. 레닌의 권
위주의와 크로포트킨의 자유는 양립할 수 없는 것이다.
"권위가 있는 곳에 자유란 없다." 크로포트킨 장례 때의
만장(輓章)이다.

　　나림은 어떤 주의 어떤 정당도 이상이란 측면에서만 보
면 나무랄 데가 없지만, "공산당은 실현 불가능한 이상을
내걸어 인민을 현혹해서 그들을 노예화하려는 집단"이라
며 비판한다. 나림은 매명 의식이나 영웅주의 욕심으로
결과에 자신이 없는데도 어거지로 모험을 강행하는 행위
를 혐오한다.

칼 마르크스1818~1883

나림의 공산당 비판은 『소설 남로당』에서 아주 구체적으로 표현되지만, 『지리산』에서 권창혁이 박태영에게 설명하는 내용이 소상하고 친절하다. "공산당은 마르크스주의 정당이다. 마르크스주의란 독일 철학을 비판적으로 계승한 변증법적 유물 철학이며, 영국의 경제학을 비판적으로 계승한 경제이론이고, 프랑스의 혁명이론을 비판적으로 계승한 사회주의 혁명이론이다."로 시작한 사상 해설은 공산당의 조직적 특성으로 이어진다. "공산당은 권력과 이권이 표리일체 되어 있기 때문에 당내의 헤게모니 투쟁에 격렬하다. 과격한 혁명 노선이 그 과격함이 저지른 과오 때문에 다음다음으로 비상사태를 만들어내어 끝내 인민의 행복과는 어긋나는 방향으로 가고 만다. 우민 선동 또는 당의 영도(領導)를 위해 정세를 왜곡하는 버릇이 고질이 되어 스스로 그 폐단에 갇혀 정세판단을 옳게 못한다."

　공산당은 원래 투쟁조직이다. 투쟁조직은 오직 승리만을 목표로 한다. 이기기 위해 수단방법을 가리지 않는다. 공산당은 또한 이른바 과학적 조직이다. 과학이란 명분으로 일체의 인간성 도덕 윤리가 개재될 틈이 없다. 인간성과 도덕을 인정하지 않으니 조직을 운영하는 방법은 감시제도에 의존할 수밖에 없다. 감시제도가 붕괴하면 파산한다. 그 파산을 막기 위해 공포를 수단으로 삼는다. 모두가 공포스럽다. 소수의 최고 권력자만 공포에서 자유롭다. 그 공포로부터의 자유를 빼앗기지 않기 위해 계속 공포를 생산한다. 불평파와 비판자의 공간이 없는 것이다. 비판의 공간이 없는 나라는 망한다. 나림의 공산당 비판과 크로포트킨의 레닌 비판은 이 대목에서 완전히 일치한다.

레이몽 아롱1905~1983

나림은 여기에다 두 마디를 더 보탠다. 먼저, 레이몽 아롱의 말 "공산주의는 세속화된 종교다. 공산주의는 지식인 중에서도 자격지심이 많은 사람을 잘 유혹한다."를 인용하고 몇몇 예를 들기도 한다. 다음, "절대로 지켜야 할 절대적 진리는 없다는 철학이 변증법적 유물론이다. 변증법적 접근이란 진리는 상대적이란 것을 가르쳐준다."고 하며 마르크스주의의 자가당착을 지적한다.

끝으로, 동정람은 유라시아 대륙을 오가며 항일 투쟁에 앞장섰던 테러리스트다. "테러는 인류의 새벽에 명성(明星)을 주기 위한 것"이란 신념으로 아나키스트 서클에서도 가장 적극적으로 늘 선두에 나섰다. 언어도(言語道)가 단(斷)하고 심행처(心行處)가 멸(滅)하면 집총을 하건 집검을 하건 나서 싸워야 하는 법이다. 그 대목에서 분연히 나서는 인물이 바로 테러리스트다. 온전한 테러는 산 사람을 죽이는 살생이 아니라 정신이 죽은 자 또는 이미 죽었어야 하는 자를 죽이는 살사(殺死)라는 논리로 테러를 완수한 후 정람은 피리를 불고 책을 읽는다. 폭력적인 테러 활동과 성인 같은 고매한 인격 사이의 모순을 집약한 인물이다. 신이 이미 죽은 곳에서 섭리의 집행자는 사람일 수밖에 없다. 테러리스트는 신을 대리한 섭리의 집행자다. "니체의 빈혈적이고 귀족적인 초인이 아니라 다혈질이고 당당하며 괴위(魁偉)한 초인"이 테러리스트다. 폭탄을 투척하고, 권총을 발사하고, 밧줄로 목을 조르고 하는 등의 냉혈한 이미지와 사람에 대한 깊은 애정과 연민을 가진 휴머니스트 이미지는 사실 공존하기 어렵다. 그럼에도 그 모순 속에서 "테러리즘이 갖는 미학은 사랑"이란 신념으로 흔연히 살신성인하는 사람이 아나키스트 테러리스트다.

보리스 빅토르비치 사빈코프·로푸신1879~1925

동정람이 롤 모델로 여기는 인물이 러시아의 테러리스트 사빈코프, 필명 로푸신이다. 로푸신의 『창백한 말(馬)』은 혁명적 정열이 넘치는 한 인간의 체험을 1000도 2000도 끓여 증류해 놓은 것과 같은 박진감 있는 기록으로, 나림의 여러 작품에 소개되고 있다. 『산하』에는 로푸신을 흠모하는 신비한 인물 로푸심을 통해, 『허상과 장미』에선 최성애가 프랑스어 판을 공들여 번역하는 것으로 소개된다. 번역을 끝낸 최성애는 "뭐든 아름다울 수 있다. 테러라는 공포까지도 아름다울 수 있다"라며 전율한다. 테러의 미학 즉 최소한의 피해를 야기하며 최대의 효과를 추구하는 부득이함에 깊이 공감하는 것이다. 그 '고귀한 동기'를 동정람은 "테러리스트에겐 소명의식이 있다" 또는 "테러리스트는 자비를 베푸는 사람이다. 죽기를 준비했는데도 죽지 못하는 놈에게 죽음의 형식을 주니까" 라고 표현하고, 동지 하경산은 공자의 '기서호(其恕乎)'를 인용하며 용서와 테러를 말한다. 테러를 용서와 결부시키면 개인감정으로 테러해서는 안 된다는 뜻이기도 하고, 정의를 위한 테러는 어쩔 수 없이 해야 한다는 뜻이기도 하다. 로푸신 책의 "한 때 여왕처럼 군림하던 여자가 이제 창녀처럼 사랑을 구걸하고 있다"는 구절은 나림이 여러 소설에서 자주 인용하는 대목이다.

동정람은 관동군 특무기관에서 밀정 노릇하며 동포를 수도 없이 해하던 자들이 해방 후에 교묘하게 신분을 위장하여 득세하는 것에 테러를 가한다. 정계와 재계의 거물이 되어 있는 두 사람은 사고처럼 꾸며 처치했는데, 세 번째 테러에서 문제가 발생한다. 악랄하기로는 셋 중 으뜸이고 친구 경산의 부인을 모욕하여 자진케 한 원수 중의 원수인데, 사고무친이 된 소녀를 딸처럼 양육하고 있는 모습에 동요를 느끼게 된 것이다. 늙고 병든 데다 젊은 마누라에게 구박까지 받으며 별 연고 없는 아이를 지극정성으로 돌보는 것에 힘이 빠지게 된다. 무릇 응징은 응징다워야 하고, 응징에도 위신과 품격이 있어야 한다. 나림의 이런 뜻은 『지리산』에서도 드러난다. "보복과 복수는 있어야지만 그게 보람을 갖자면 시간 장소 사정을 선택해야만 한다. 호랑이이면 호랑이 시절에 보복해야지 상가의 개꼴이 된 상황에서의 매질은 오히려 마음이 상할 뿐이다." 결국 경산의 해량(海諒)과 기지로 해피엔딩을 만들지만 그 과정에서의 여러 삽화들이 흥미롭고 뜻이 있다.

인생도 꽃이다. 사람은 저마다 꽃으로 피고 꽃으로 진다. 누구나 화양연화(花樣年華)가 있다. 살다보면 고목에 꽃이 피는 기적도 있고, 뒤늦게 화양연화가 찾아오는 수도 있다. 동정람의 피리소리 소문을 듣고 찾아와 그의 음악적 천재를 흠모하게 되는 작곡가 처녀가 출현한다. 허름한 공덕동 골목에 핑크빛 로맨스가 아련하다. 거기에 더해 목로주점 중년 여주인과의 삼각관계도 애틋하다. 정람에게는 회춘의 기쁨이고, 누항(陋巷)엔 느닷없는 봄바람이다. 나림과 경산은 "늙은 말이 콩을 마다하랴"며 유쾌하게 놀리지만 인생은 역시 불가사의하다. 혹시나 뿌리를 내리나 하는 순간 돌이킬 수 없는 비극이 발생하고 정람은 다시 떠돌게 된다. 십수 년이 흘러 그의 부음을 들은 나림은 그 젊은 작곡가 처자가 2년에 걸쳐 정람의 행적을 찾아선 임종까지 모셨다는 사실을 알게 된다. 또 한 번의 반전이다. 독자로선 이 대목이 오히려 큰 위안이 된다.

나림은 과연 진혼(鎭魂)의 보람이 있었는지 아득한 기분이 든다며 만사를 마무리한다. 겸손과 자부심이 두루 섞인 표현이다. 독자 입장에선 「마술사」와 「소설 알렉산드리아」에 이은 또 하나의 엑조틱하고 유니크한 스토리를 만난 감동이다. 「마술사」는 친구 송낙구를 위한 진혼이다. 송낙구는 싱가포르의 일본군이 운영한 포로수용소에서 감시원으로 복무했다. 종전 후 전범 재판으로 처형되었다. 정작 감시 명령을 내린 일분군은 무사 귀환했는데 송낙구 같은 한국인 현장 감시원 5백 명은 이역만리에서 고혼이 된 것이다.

소설·알렉산드리아

이병주 지음

범우사

소설·알렉산드리아1965

나림의 엑조틱 무드는 의도적이다. 한국 문학의 왜소함에 대한 자극이다. 동서양이 교차하는 알렉산드리아를 배경으로 한 「소설 알렉산드리아」와 인도·버마를 배경으로 한 「마술사」 그리고 가상의 항구도시 예낭을 배경으로 한 「예낭 풍물지」는 오종종하고 좀스러운 한국 문단의 스케일에 경종을 울리는 뜻이 있다. 식민지 시대에도 유라시아 대륙을 종횡하던 스케일인데 분단시대가 되었다고 너무 쪼그라들어 꾀죄죄한 이야기만 하고 있다는 아쉬움이 담겨 있는 것이다.

　　'그 테러리스트' 동정람과 지조의 아름다움을 보여주며 학처럼 살았던 집우(執友) 하경산 그리고 그들을 정성껏 모시고 만사까지 쓴 이병주 모두 우리 시대엔 이미 사라져버린 거인이자 대인이다. 그들은 진정한 자유인이었다. 세상은 더욱 각박해졌고 사람들은 더더욱 좀스러워졌다. 광간(狂簡)과 청광(淸狂)이 흉이 아니라 무슨 국보나 되듯 귀한 대우를 받는 허접한 대목에서 은근한 자신감과 의연함을 보여준 어른스럽고 멋스러운 그분들이 더욱 그립다.

3. 나림의 유작 『별이 차가운 밤이면』과 아나키즘

　이병주의 유작인 『별이 차가운 밤이면』에는 님 웨일즈가 극찬했던 혁명가 김산 이야기가 나온다. 김산은 아나키스트였다. 본명은 장지락. 동족의 무고로 옌안에서 즉결처분된 비극적 혁명가다.

　다른 신분으로 위장하며 살게 될 박달세가 이미 그런 삶을 살고 있는 이채란을 운명처럼 만나는 장면도 인상적이지만, 이채란이 상하이를 떠나면서 『아리랑의 노래』란 영어 책을 선물하는 대목은 다분히 의도적이다. 박달세는 김산이란 인물을 통해 고귀한 인품에 주눅 들게 되고, 독립운동이 설령 실효가 없다하더라도 그 불굴의 정신만큼은 소중하다는 인식을 얻게 된다.

「아리랑의 노래」1941

미국의 저널리스트 에드가 스노우는 『중국의 붉은 별』
을 써서 마오쩌둥을 서방 세계에 알린 공으로 평생 중국
지도부의 올드 프렌드 대우를 받았다. 정말 중국을 사랑
했던 그는 베이징 대학 경내에 묻혀 있다.

그의 부인인 헬렌 또한 현대 중국에 관한 대단한 저술
들을 남긴 저널리스트로 "옌안(延安)에서 영어가 통하는
인사를 찾던 중" 조선인 혁명가 김산을 만나 집중 취재를
한다. 두 사람의 인연은 도서관이다. "영어 책을 이렇게
많이 대출해 본 다독가가 누구인지 궁금해 만나고 싶다"
고 하자 항일군정대학 교수 김산을 소개해 준 것이다. 헬
렌 스노우는 뜨르르한 중국 혁명가들을 제치고 유독 형형
한 눈빛의 과묵한 이방인 김산에게 마음을 준다. 몇 달에
걸친 인터뷰를 기반으로 쓴 『아리랑의 노래』에는 작가 헬
렌의 김산을 향한 연민과 찬사가 그득하다. 애틋한 연모
의 감정마저 느껴진다. 헬렌 스노우의 필명이 님 웨일즈
다. 님 웨일즈는 "우정을 넘어 매그너티즘(Magnetism)
이었다"고 회고했다.

나림은 님 웨일즈가 김산을 높이 평가한 이유를 "그는
내가 동양에서 지낸 7년 동안 만난 사람 가운데 최고의
한 사람이었다. 그에겐 다른 혁명가에선 볼 수 없는 독특
한 데가 있었다. 독립불기(獨立不羈)한 정신, 두려움을 모

르는 대담성, 완벽한 침착, 그의 결연한 주장은 이론과 경험 쌍방에서 도출된 결론으로 보였다. 외양은 은사(隱士)처럼 조용하지만 격렬한 사람으로 느꼈다."라고 설명한다. 박달세는 반쯤 넋을 잃고 밤 세워 그 책을 통독한다. 차마 김산의 사상에 동조하지는 않지만 가혹하리만큼 엄격한 인생을 살아온 당당한 모습에 숙연해진다. "김산과 나는 언제든 충돌할 운명에 있다."며 고민하다 지리멸렬해지기도 하지만 결국은 현실주의자로 되돌아간다.

이어 이채란이 함께 선물한 또 한 권의 영어 책 『중국의 붉은 별』을 읽고는 이상주의적 혁명 열정에 질식할 정도로 도취하기도 하고 공포에 가까운 충격을 느끼기도 한다. 마오쩌둥은 '인간 다이너마이트'라 불릴 만큼 에너지 절륜의 인물이다. "하늘과 다투니 그 즐거움이 한도 없고, 땅과 다투니 그 즐거움이 무궁하며, 인간과 다투니 그 즐거움이 한도 끝도 없다!"를 외는 천생 파이터다. 싸우고 뒤집기 위해 사는 사람 같다. 뚝심이 강하고 끈기 있는 혁명가이고 대중이 열광하는 우상이지만, 정적에겐 더 없이 잔인하고 냉혹하며 변덕스러운 정치가이다. 그의 무서운 기세에 눌려 애초부터 대들기조차 쉽지 않지만 죽기를 각오하고 나섰던 사람들은 대부분 좋은 말년을 보지 못했다. 마오쩌둥은 초인적인 창업자인가 하면 기겁할 정도로 무참한 파괴자이기도 하다. 결국 한 손으로는 중화인민공화국 건국으로 천하통일을 이루지만 다른 한 손으론 문화대혁명이란 천하대란을 일으키기도 한다.

마오쩌둥1893~1976

마오쩌둥은 모순이 가득한 복잡한 캐릭터의 인물이다. 마오이즘(Maoism)이라는 치밀하고 박력 있는 사상 체계를 만든 대단한 지성인이자 내공 깊은 문화인인가 하면 투쟁과 폭력을 주체하지 못하는 광인이기도 하다. 마오쩌둥은 자신의 모순적인 캐릭터에 대해 "호랑이 기운인 호기(虎氣)와 원숭이 기운인 후기(猴氣)를 아울러 가진 때문"이라고 토로한 바 있다. 호랑이 기운이란 직선적이고 망설이지 않는 결단력이다. 원숭이 기운이란 끊임없이 고뇌하고 구상하는 상상력이다. 냉혹하고 무정한 일면과 낭만적이고 열정적인 일면 사이를 무수히 왕래한 이유가 바로 호기와 후기 두 가지 성향을 다 갖고 있기 때문이다. 스스로도 그 사실을 실감하고 있었다.

스노우 부부가 쓴 두 권의 영어 책을 선물한 이채란은 소설에서 두 가지 역할을 위해 등장한다. 하나는 김산이란 고상한 아나키스트를 소개하기 위함이고, 또 하나는 박달세의 거듭되는 변신에 비견(Analogy)하는 역할이다. 한국인 박달세에서 중국인 방세류와 일본 특무대의 엔도오 대위로 여러 신분을 위장하며 사는 박달세의 기구한 운명을 이채란이 시연하는 것이다.

이향란·야마구치 요시코

작품 중의 이채란은 실존 인물 이향란이다. 중국에서 중국인 연예인으로 활동하지만 이향란은 사실 일본인 야마구치 요시코이다. 당시 중국은 물론이고 나중에 우리에게도 잘 알려진 '야래향(夜來香)'과 '소주야곡(蘇州夜曲)' 등의 노래를 부르고, '만세유방(萬世流芳)' 같은 영화에 출연한 당대의 슈퍼스타였다. 중일전쟁 기간 중에는 일본의 선전 선봉 역을 하지만 전후에 부역자 내지는 한간(漢奸)으로 군사재판을 받는다.

이향란은 만주국의 영화사인 만영(滿映)의 아마카스 마사히코 이사장이 문화공작 차원에서 작정하고 키운 연예인이다. 만주의 일본인 가정에서 태어났다. 조부는 한학자였고, 부친은 만주철도(滿鐵)의 고문이자 중국어 교사였다. 어려서부터 어학과 음악에 재능 있었던 요시코는 베이징의 중국 세력가 집에서 그 집 딸들과 어울려 판수화란 중국인 이름으로 명문 중학에 다닌다. 중국인 동학들도 중국인으로 알았을 정도다. 중국 전문가이자 모화사상을 가진 부친이 딸을 중국과 일본의 문화혼혈인으로 키운 셈이다. 우연한 기회에 노래를 하다 만주영화사를 맡아 대 중국 문화공작을 하고 있던 아마카스의 지우를 얻고, 초일류 스타로 키워지게 된다.

아마카스 마사히코는 공과 과가 선명한 문제적 인물이

다. 육군사관학교를 졸업한 현역 군인 신분으로 1923년 관동 대지진 때 당대의 대표적 아나키스트 오스기 사카에 부부를 참살한 장본인이다. 오스기 사카에는 박열이 조직한 '흑도회'를 후원했으며, 여운형과 호지민 등 아시아의 혁명가들과 연대를 모색한 단단한 사상가이자 격렬한 운동가였다. 나림은 『지리산』에서 오스기 사카에가 수감 기간 중에 독일어 사전과 마르크스의 『자본론』으로 독어와 마르크시즘을 한꺼번에 마스터한 사실을 아주 높이 평가한다. 나림이 흔상(欣賞)하는 반항적인 천재다. 그런 유명 인사를 엽기적으로 척살한 아마카스는 3년 형을 받고 수감되었다 출옥하여 프랑스 유학을 하고, 만주국의 실세로 문화사업을 총괄한다. 아마카스는 당시 만주국의 재정 담당이었으며 나중에 총리를 역임하는 기시 노부스케도 선배로 인정하고 지원했던 거물이었다. 일본 항복 직후 관동군이 소련에게 무장해제 되기 전 단식 끝에 자결한 사무라이이기도 하다. 이향란이자 야마구치 요시코에겐 더없는 은인이었다.

이향란은 일본인이란 사실이 밝혀지며 추방되어, 일본과 홍콩 그리고 할리우드에서 연예 활동을 이어간다. '전쟁과 평화'와 '솔로몬과 시바'의 감독 킹 비더가 연출한 '재패니스 워 브라이드'란 영화 등에서 주연 역을 한다.

미국에선 셜리 야마구치였다. 찰리 채플린과 친분이 두터웠다. 한때는 주한 일본 대사관의 참사관인 남편을 따라 서울에서 잠시 지내기도 했다. 당시엔 오타카 요시코였다. 1941년 경성 공연 이후 서울 체류는 20여 년 만이다. 50대 중반엔 참의원이 되어 3선을 연임하고, 환경처 차관직을 수행하기도 하며, 반전 운동가로 활동하기도 한다. 일본 수상의 야스쿠니 신사 참배를 반대했다. 아흔 넷까지 장수한다. 일생에 걸친 기막힌 변신과 곡절 그리고 성취다.

박달세의 변신과 곡절 그리고 성취를 이야기하기에 이향란 만큼 적절한 비교 대상은 없다. 박달세도 이향란 만큼 여러 일본 유력자의 지원과 후원을 받는다. 다만 『별이 차가운 밤이면』은 나림의 미완성 유작이다. 타계하던 해 봄까지 계간 『민족과 문학』에 10회 연재하다 중단된 작품이다. 아직 박달세의 상하이에서의 활약이 정점에 이르지 않았고, 해방 후의 곡절과 변신은 아예 시작도 하기 전에 끝나버린 것이다. 독자로선 너무나 아쉬운 대목이다. "현실적 인간으로서의 승리를 노리는" 박달세의 자질과 능력 거기다가 악의까지라면 이향란 이상의 요란하고 화려한 변신이 가능했을 것이기 때문이다. 워낙 명석한데다 이재에 밝고 "치파오(旗袍)와 양복이 다 잘 어울리는 타이론

파워를 닮은 미남자이니" 난세에 어떤 가능성인들 없었겠나.

나림이 참고한 실존 모델이 있었겠지만, 사실 해방정국이나 이후 대한민국 초기에도 내력 불명의 인사들이 독립운동가 출신 연하던 일이 있었다. 두 가지 이유로 가능했다. 우선, 기왕에 변신에 능한 인물들이라면 기회와 위험이 교차하는 상황은 오히려 불감청고소원이기 때문이다. 다음, 일본의 첩자나 반간 활용 기법이 워낙 은밀했기 때문이다. 일본의 사람 다루기는 참으로 집요하고 교묘했다. 문서로 남겨진 내용마저 거의 없다. 밀정은 특히 대응하기 어려운 존재였다. 그런 이유로 미스터리한 과거를 숨기고 우국지사인양 행세한 사람들이 실제 있었고, 그들의 악행을 뒤늦게라도 응징한 '그 테러리스트' 동정람 같은 지사들도 있었던 것이다. 『산하』에선 그런 인물을 기어이 찾아내 응징하고 서울 한복판에 전시하는 장면이 나온다. 단편 「변명」에선 그런 인물의 행세를 보고도 아무런 조치를 취하지 못하는 무력감을 변명하기도 한다.

이병주 장편소설

별이 차가운 밤이면

이병이 내가 다섯 살이었던 해의 늦가을, 별이 차가웠던 밤에 입양된 입의 회상이다. 다섯 살 난 아이
때의 기억이 어떻게 그처럼 소상하고 아슬아슬을 수가 있느냐고 물으면 나는 다음과 같이 대답할 수
밖에 없다. 나는 그 밤이 있은 이후 그 밤에 입었던 입을 회상하고 그 회상을 반추하며 커서온 셈이다. 입 없는 하늘에
이 지었게 된다. 밤, 또는 밤하각 달이 늦까어 쏟아오르는 밤이면, 그런 밤이 아니라도 내 추러가 오브레로가든 하면
나는 반응처럼 그 회상에 빠져든다. | 김윤식·김종회 엮음|

학의숲

「별이 차가운 밤이면」2009

80

『별이 차가운 밤이면』에선 "중경 임시정부 내 첩자의 정보로" 상하이에 파견되어 온 공작원 셋을 체포하는 장면이 박진감 있게 묘사된다. 밀정을 부리고 그들의 밀고로 독립투사들을 체포 취조하는 곳이 바로 박달세가 꼭두각시 대장 노릇을 하는 비밀첩보기관인 '엔도오 기관'이다.

그 사건이 있었던 날 밤, 일본 요정 육삼정에서 박달세 등 일본 기관원들이 질펀한 술자리를 갖는 장면도 다분히 의도적인 배치다. 육삼정은 아나키스트 단체 남화한인청년연맹(南華韓人靑年聯盟)의 백정기가 거물 외교관 아리요시 아키라를 저격하려다 밀정의 고변으로 실패한 현장이기 때문이다. 물론 '육삼정 의거'와 박달세의 행차 사이엔 다소의 시간이 격해 있지만 굳이 한 대목 설정한 나림의 뜻이 유심하다.

임시청이란 인물도 아나키즘의 정서를 갖고 있다. 장제스의 국민당도 마오쩌둥의 공산당도 모두 반대하며 코스모폴리탄으로 살고자 하는 지식인 임시청은 현실적으로 그럴 역량과 여유가 없어 일본 특무대의 통역으로 한간(漢奸) 노릇을 하고 있지만, 어떻게든 자유와 휴머니즘의 끝자락을 붙들려고 애쓴다. 음모와 협잡 그리고 폭력이 일상화되어 있는 일본 치하 1944년의 상하이에서 보기

드문 케이스이지만, 보신과 출세에만 매몰되어 있다가 차츰 정체성의 위기를 겪는 박달세에게 사람과 세상을 보는 또 다른 시각을 알려주는 가까운 스승 역할을 한다. 방세류(方世流)란 기막힌 중국 이름도 지어준다.

박달세는 임시청이란 일류 문화인을 통해 중국을 이해하게 되는 것이다. 거리를 걸으며 공산당 창립대회가 열렸던 집과 왕징웨이의 거소 앞에서 어학과 역사 그리고 국제정세를 한꺼번에 가르치는 식의 강의도 일품이지만, 장제스의 정통 중화민국 정부와 중일 합작의 난징 위정부(僞政府) 그리고 공산당과 만주국까지 복잡하게 얽힌 국내 사정을 니힐리스트의 시각으로 분석 해설하는 대목도 선명하다. 중국 근현대사를 움직이고 있는 다양한 인물에 대한 품평 또한 핵심을 짚고 있다. 개인적 비전은 이미 잃었고 사람에 대한 기대도 포기했으나 기본적으로 맑은 심성인 때문이다. 일본의 패망을 예견하지만 일본 정보장교의 정부 노릇하는 부인을 끝까지 사랑하고 지키겠다는 순애보는 눈물겹다. 특히 상하이 암흑가의 대부 두웨성(杜月生)을 설명하는 대목은 압권이다.

상하이라는 대도시도 요지경(瑤池鏡)이지만, 두웨성이란 상하이의 흑백양도(黑白兩道)를 다 장악하고 있는 인물은 더 요지경이다. 임시청은 두웨성의 대저택을 지나며

"알 카포네와 탈레랑과 로스차일드 그리고 마키아벨리 네 사람을 합쳐 놓은 것 같은 사람이 이 집에 살고 있다"고 말한다. 박달세가 "마키아벨리 같은 학자였던가요?"하고 묻는 대목이 독자를 웃게 만든다. 임시청의 대답에 나림의 속뜻이 담겨있다. "학자? 아는 한자 하나 없는 무식한 사람이다. 무식했지만 마키아벨리 이상으로 술책에 능했다. 탈레랑 이상으로 설득력을 가졌고, 로스차일드만큼이나 돈을 가졌다. 그러나 본바탕은 알 카포네와 맞먹는 갱이다. 동서고금을 막론하고 상상력이 풍부한 소설가라도 그런 인물을 창출하진 못했다." 나림의 작품으로는 『산하』의 이종문과 『바람과 구름과 비』의 최천중을 합쳐 놓은 것 같은 인물이나, 실물이 소설보다 더 소설 같은 경우도 있는 것이다.

사실 두웨성은 비밀결사 청방(靑幇) 역사상 가장 성공한 두목이다. 두목(頭目)이란 문자 그대로 머리 좋고 사람 보는 안목이 있다는 뜻인데, 그는 두목의 전형이었다. 여기에다 배포까지 크다면 선악을 넘어 영웅이 되는 것이다. 영웅(英雄)이란 머리 좋고 담이 큰 사람이다. 바로 머리 좋은 건달을 뜻한다. 대학자 원이둬(聞一多)는 "중국인의 심성엔 공자와 노자 그리고 토비가 있다"고 했는데, 이 토비(土匪)란 존재는 유민이나 비밀결사 등 여러 형태로 등장한다. 유민(流民)으로 역사에 이름을 남긴 대표적 사례가 삼국지의 관우와 수호지의 송강이라면, 비밀결사 우두머리로 전설이 된 사례가 두웨성이라 할 수 있다.

두웨성1888~1951

중국의 비밀결사는 뿌리도 깊고 영향력도 상상을 초월한다. 역대 비밀결사 중 청방은 최고 최대의 조직이다. 조운(漕運)을 기반으로 한 청방은 청나라 초기인 17세기에 두각을 나타내기 시작해 1920-30년대 상하이에서 전성기를 구가한다. 청조(淸朝)를 타도하고 2천 년 전제 왕정시대의 종언을 고한 신해혁명 때 결사대 3백 명으로 상하이를 접수한 천치메이가 청방의 두령 급 인물이다. 천치메이는 쑨원의 최측근으로 같은 청방인 장제스를 추천했다. 1927년 장제스가 상하이에서 쿠데타를 일으켜 실권을 장악하는 과정에 두웨성은 전부를 걸고 지원한다. 두웨성은 낮에는 행정과 군사의 대관(大官)으로 밤에는 암흑가의 황제로 상하이 흑백양도의 정상을 누린다. 장제스뿐 아니라 동북 왕 장쉐량도 그의 저택에서 묵었고, 당대 최고의 문장 국학대사 장빙린과도 숙식을 같이 했다. 장빙린(章炳麟)은　차이위안페이(蔡元培)　우즈후이(吳稚暉)리스쩡(李石曾) 등과 함께 당대 사상계와 학계를 주도하던 아나키스트다.

4. 기록자 작가로서의 이병주 그리고 이사마

나림이 자유인을 여러 소설의 주인공으로 삼은 건 무엇보다 그 자신 자유인이기 때문이다. 형용 모순 같지만 나림은 단단한 자유인이다. 크고 따듯한 인물이기도 하다. 거기에 더해서 결정적인 이유가 하나 더 있다. 바로 학병 콤플렉스다.

소설은 결국 자신의 이야기일 수밖에 없다. 굳이 사마천의 '발분저서(發憤著書)'나 한유의 '불평즉명(不平則鳴)' 또는 구양수의 '시궁이후공(詩窮而後工)'이 아니더라도 사람은 누구나 더 없는 바닥에 이르면 자신의 본색이 드러나게 마련이다. 가장 밑바닥에서 자신의 진정한 모습을 만나게 되는 것이다. 그리고 더할 수 없는 바로 그 바닥에서 자신만의 내공을 찾아 반등을 하는 것이다. 그래서 '시궁이후공'이다.

사마천은 친구를 구명하려다 궁형(宮刑)을 당한다. 사내로서 견디기 어려운 치욕이지만 감내하고, 기어이 『사기』를 완성한다. 발분저서 한 것이다. 자신을 형벌한 현직 임금 무제(武帝)에 대한 기록과 평가도 당당하다.

한유는 당대(唐代)의 대표적 문인 정치가다. 조실부모하고 형마저 세상 떠난 이후 형수의 보살핌으로 자랐다.

사마천BC145년경~BC86년경

고학(苦學)에 성취가 있어 관직에 나섰으나 등용도 여러 번 낙방 끝에 이루어졌고, 감찰어사 재직 중엔 실력자의 과오를 지적하다 남쪽 멀리 좌천되었으며, 현종 말년의 실정을 비판하는 상소로 처형 위기까지 겪는다. 퇴지(退之) 한유는 그런 경험을 통해 "물부득평즉명(物不得平則鳴)"이란 명언을 남겼다. 사람이든 사물이든 평형상태가 아니면 즉 불안하고 불편하면 아프다는 소리를 낸다는 뜻이다.

한유는 스승의 역할을 강조한 '사설(師說)'로도 유명하다. "스승은 무릇 막혀 있는 것을 해소해주어야 하며, 도를 알려주고, 업(業)을 주어야 한다." 막힌 것 풀어주고 도를 전수하는 것도 어려운 일이지만, 요즈음처럼 청년 취업이 힘든 시절에 제자들 취업까지 책임져야 하는 스승은 참으로 스승 노릇 제대로 하기 힘들다.

구양수는 한유를 사숙(私淑)했다. 당송팔대가의 한 사람으로, 송대(宋代) 초기 레토릭 위주의 유미주의에 반대하여 진정성 있는 글을 썼던 일대문종(一代文宗)이다. 소동파의 스승이기도 하다. 구양수는 글이란 형식이나 수사가 중요한 게 아니라 글쓴이의 아픔과 좌절이 동력이 되어 회의하고 자문하고 분노한 끝에 나온 산물이라고 여겼다. 그래서 "무릇 글이란 글쓴이가 인생의 바닥에 이르러 자신의 본색과 만난 연후에야 비로소 다듬어진다."고 한 것이다.

1963년 교도소 출소 때
어머니 김수조여사와 함께

출처:국제신문

　나림의 경우, 그 바닥을 옥고(獄苦)를 치르며 확인한 듯
하다. 마흔의 나이. 조숙하고 탁발했던 나림은 보통 사람
이 나이 쉰에야 느낄까말까 하는 지비(知非)를 그때 이미
느낀 것이 아닌가 싶다. "섭리란 묘한 작용을 한다. 격언
그대로, 섭리의 맷돌은 서서히 갈되 가늘게 간다."는 이치
를 터득했다. "나는 비로소 내가 이곳에 있어야 할 이유를
알았다. 불효한 아들이었다. 부실한 애인이었다. 불성실
한 인간이었다." 정작 스스로는 심히 불성실했음을 자인
하고 급기야는 오랜 감방 생활이 당연하다는 자책에 이르
지만, 영어(囹圄)와 옥고 끝에 결국은 바닥에 도달한다.

자신의 바탕이 되는 대목 즉 본색을 마주하게 된다. 끝내, 자신의 문제인 것이다.

〈국제신보〉주필 겸 편집국장 시절

출처:국제신문

20대에 교수, 이어 30대에 신문사 주필. 식민지 시대와 해방정국을 지내고 전쟁까지 치른 시대 상황 탓에 중간 세대가 생략된 급격한 세대교체 시기라 해도 결국은 나은 조건을 가진 사람들에게 나은 기회가 주어지게 마련이다. 다만 시대의 요구와 개인의 처지가 어긋나는 경우도 있다. 삶의 아이러니가 보통 술이 있으면 잔이 없고 잔이 있을 때는 술이 없기 십상이기 때문이다. 평생 술과 잔의 결핍에 시달리지 않는다면 그것만으로도 준수한 인생이란 생각이다. 시대의 요구와 개인의 처지가 기막히게 엮인 삶은 흔치 않다.

그런 의미에서 나림이 진주와 마산의 교육자 시대를 격하고 부산의 언론인 시대로 이행한 건 더 없는 선택이었던 듯하다. 국제신보의 편집국장 겸 주필로 3년 동안 수많은 칼럼과 사설을 쓰며 문명을 날린 건 개인적으로나 사회적으로나 의미가 크다.

당시 부산일보에도 이병주에 방불하는 문사(文士)가 있었다. 바로 황용주다. 부산 언론의 황금기를 주도했던 '두 주필 시대'의 한 주인공이다. 이병주와 황용주는 일본에서 유학한 프랑스 문학도란 공통점이 있고, 학병으로 중국에서 복무한 경험도 같다. 귀국 후 교직을 수행하다 언론으로 옮겨 온 것도 같다. 다만 황용주는 정치적 태도가 이병주보다 적극적이었다. 부산 군수기지 사령관으로 부임한 대구사범 동기 박정희와 우국지정을 나누며 군인 집권의 구상과 '한국적 민주주의' 사상을 피력했다. 사실상 5.16 군사 쿠데타의 이데올로그였다.

「그를 버린 여인」 1990

황용주의 소개로 이병주가 합세한 세 사람의 술자리는 박정희의 이임 때까지 반년 동안 이어졌다. 1960년 1월 부터 7월 사이 일이다. 자유당의 실정에 대한 울분 그리고 4.19 학생의거에 대한 동정과 아쉬움 대목에선 일본 용어로 삼총사를 뜻하는 '산바가라스(三翼鳥)'였다. 다만 신랄하게 시국담을 나누던 주석(酒席)은 진했으나 박정희와 이병주의 인연은 주육붕우(酒肉朋友) 정도로 그친 듯하다. 야심만만한 정치 군인과 딜레탕트를 자처한 지사(志士) 논객은 서로를 흔상(欣賞)하진 않은 듯하다. 『그해 5월』과 『그를 버린 여인』에 묘사된 박정희는 이병주의 친구는 아닌 게 분명하다. 인물 평전 『대통령들의 초상』에서도 이병주의 박정희 초상 그리기는 그다지 우호적이지 않다. 5.16 나흘 뒤 체포되어 필화(筆禍)를 입고 10년 형을 선고받아, 황용주의 구명으로 2년 7개월 만에 석방되는 과정은 병 주고 약 주고일 뿐이다. 장군의 사상과 철학자의 사상이 같아야만 하는 장군의 시대를 산 것에서 느끼는 모욕감이 깊은 것이다. 권력 일반에 대한 비판이나 쿠데타에 대한 적대감 수준을 넘는 사적 감정이 상당하다.

'시궁이후공'으로, 나림이 끝내 다다른 자신의 문제는 학병 경험이었다. 인생의 가장 예민하던 때이자 가장 가능성이 많았던 때인 20대 초반, 나림은 일본군 졸병으로 중국 쑤저우에 주둔한다. 채 피어보기도 전인 스물 서넛 시절, 너무 일찍 스스로를 모독하고 자포자기한 학병 지원을 아파하고 자괴한다. 평생 가시지 않는 큰 상처였다. 수치심에 스스로를 도저히 용서하지 않을 것이라고 다짐하기도 한다.

당시 지원 형식의 학병에 약 4,500명이 참가했다. 일본과 한국의 대학과 전문학교에 다니던 학생 7,200명의 60%에 이르는 숫자다. 전체 7,200명 중에 적격자는 6,203명이고, 그 70%가 지원한 것이다. 이공계와 사범대학 재학생은 제외했다. 입소자 4,385명 중에 탈영한 사람은 197명, 사망하거나 실종된 사람은 657명이다. 학병 3,728명이 생환하여, 60%는 남한에 40%는 북한에 정착했다.

학병 지원자의 대부분은 가족의 피해를 우려하여 거의 강제로 징발되었지만, 그래도 4.5%는 탈영하여 광복군에 입대하거나 사선을 넘어 중국군에 편입했다. 대한민국 임시정부가 있던 충칭까지 간 『돌베개』의 장준하와 『장정』의 김준엽이 대표적인 지사들이다. 일부는 징병을 거부하고 심산에 숨었다.

김준엽(가운데) 장준하(오른쪽) 출처:나남출판

나림은 징병을 거부하고 지리산에 숨은 '하준수와 보광당 멤버'처럼 골기 있게 처신하지도 못했고, 삼수갑산의 삼수에 숨어 2년 동안 철학 책만 읽으며 지낸 박태열 만큼 당당하지도 못했다. 치중대(輜重隊)에서 손가락 한 마디를 절단해가며 군마(軍馬)를 모시듯 사육하느라 정신없었을 뿐 탈영하여 독립군이 된다는 생각조차 하지 못했다. 그 대목이 평생 나림을 부끄럽게 만들었다. 나림이 학병에 자원할 때는 연합국 수뇌가 모여 카이로 선언에서 한국을 독립 해방시켜주겠다고 약속했을 때다. 당시 대학 교육을 받고 있던 인재들이 그런 사정도 모르고 한국을 도와주겠다는 그 세력을 향해 총칼을 들었으니 그건 또 다른 부끄러움이다.

　'하준수와 보광당 멤버' 이야기가 바로 『지리산』이고, 박태열 이야기가 『꽃의 이름을 물었더니』이다. 하준수는 본명 하준규, 일명 남도부다. 일본의 대학 가라데를 제패한 무도인(武道人)으로 아나키스트다. 성향 상 어떤 형태로든 권력 주변에는 가지 않을 인물이다. 중앙대학 법학과를 다니고도 "도장이나 차려 아이들 운동이나 가르쳤으면" 할 정도로 소박했다. 지리산에서 만난 인연 이현상의 억지 공작으로 남로당원이 되고, 북한군 육군 소장 남도부로 태백산 유격대 사령관 역을 하다 생포 처형된다. 나림이 『지리산』를 쓴 동기는 의분(義憤)이다. 기막힌 친구 하준규를 비롯한 수많은 청년들이 김일성 박헌영 같은 자들의 선동과 조종을 받아 공비라는 누명을 쓰고 죽어야했던 사실에 대한 의분이다.

『관부연락선』『산하』 같은 장편에선 물론이고 「백로선생」 같은 중편과 「여사록」 같은 단편에 이르기까지 숱한 작품에서 학병 기억을 되풀이한다. 특히 단편 「8월의 사상」에선 학병 모임인 소주회(蘇州會)의 종신 회장으로 고우(古友)들과 만나 아프고 슬프게 폭음하는 장면이 나온다. 평생의 상처이고 고통이었다. 사람이 아닌 짐승으로 살아야 한다고 자괴하며, 도저히 자신을 용서하지 않을 것이라 다짐 또 다짐한다.

의분과 콤플렉스는 나림을 발분저서하게 했다. 나림은 기록자로서의 작가가 되어 기록으로서의 문학을 하기로 한다. 경찰서 유치장에서 두 달 반 동안 사마천의 『사기』를 완독한 그는 스스로 필명을 이사마라고 정한다. 궁형을 당하고도 발분저서 했던 사마천의 운명이 필화를 당해 감옥에 갇혔던 자신과 공감되어 폭풍처럼 발분저서 한 것이다. 출감 이후 초인적인 공력으로 27년 동안 약 90권의 소설을 썼다.

일본 작가 시바 료타로(司馬遼太郞)는 『료마가 간다』 등으로 문명을 날린 역사 소설가다. 그는 사마천을 흠모했지만 차마 사마란 이름을 그대로 차용할 수는 없어 사마천에게는 아득하게 못 미친다는 뜻으로 요원(遼遠)의 요 자를 썼다고 한다. 나림은 당당하게 자신의 분신을 이사마라 명명한다.

이 대목에서 이병주의 호 나림(那林)에 대해 잠시 이야기하고자 한다. 언제부터 이 호를 썼는지 나는 나림의 아드님 이권기 교수께 물었다. 혹시 메이지 대학 때 은사이자 문학 비평계의 거두인 고바야시 히데오(小林秀雄)의 소림에서 수풀 림 자를 따온 것은 아닌지 궁금해서였다. 이 교수의 대답은 "부친께선 림 자를 좋아하셔서, 저의 아호도 혜림(慧林)이라 지어주셨고, 친척 동생도 철림(哲林)으로 지어주셨다."였다. 나림의 연원이 꽤 오래라는 뜻이다. 불교에 조예가 깊었던 사실과 연관해, 10의 112승이나 되는 무한의 시간 나술(那術)에서 한없이 번창할 숲 나림이 나왔다는 설도 있다. 나림은 한 때 불문(佛門)에 들 마음으로 해인사에서 지낸 적이 있다. 1984년 월간지 『마당』과의 인터뷰에서 "나림은 어떤 숲이란 뜻"이라고 말한 바 있으나, 확실한 연원은 여전히 미궁이다.

기록자로서 소설을 쓴다는 각오로 사마천을 롤 모델로 삼은 나림은 자칭 이사마가 된다. 이사마는 나림 소설의 대표 화자(話者)다. 불편부당한 기록자로서의 자세를 견지한다는 뜻이 우선 크다. 그리고 사마천이 『사기』에서 보여준 '태사공 후기'를 따라 하고픈 마음도 있었을 것이다.

사마천은 유가의 훈도를 받았고 역사 기술도 춘추필법대로 했으나 정작 본인은 도가적 성향을 가졌다. 사마천의 그런 심성과 태도를 외유내도(外儒內道)라고 한다. 겉으로는 반듯하고 실재적이고, 안으로는 유연하고 대범하다는 뜻이다. 그래서 외방내원(外方內圓)이라고도 한다. 다소 추상적인 표현이기는 하나, 겉으로는 명사 형 인간이고 안으로는 형용사 형 인간인 것이다.

사람됨은 도가처럼 일은 유가처럼 한다면 멋스럽기도 하고, 이상적인 모습이 아닐까 싶기도 하다. 도가가 낭만적이고 여유롭다면, 유가는 구체적이고 실용적이다. 유연하고 대범하다는 건 대충 대충하거나 허풍 떤다는 게 아니라 너그럽고 두량 있다는 뜻이다. 바로 장자의 담백함과 호탕함이고, 노자의 상선약수(上善若水) 경지다. 실용적이고 구체적이란 건 시시콜콜 매사 따지고 작은 일에 매인다는 게 아니라 성실하고 치열하다는 뜻이다. 바로 공자가 실천해 보인 근사절문(近思切問)이다. 근사는 가까운 데서 생각하고 일상에서 구체적으로 실천하는 것이다. 절문은 치열하고 철저한 것이다. 공자가 평생 애썼던 '그럼에도 불구하고'의 정신이자 실천이다. 유가는 성취적인 삶 내지는 사회참여적인 삶의 태도다. 도가는 인퇴(引退)적인 삶 내지는 성찰적 관조적 삶의 태도다. 사마천의 처세 그리고 『사기』라는 성취가 바로 그 외유내법의 결과다.

이사마도 역사적 사실 부분은 자신의 아픔이나 슬픔을 누르고 건조하게 기술했지만 나머지 부분은 모두 '태사공 후기'에 해당하는 '나림 이사마의 후기'로 여기고 썼다. 그 후기가 때론 질펀하고 때론 유머러스하고 때론 감동적이어서 독자들이 읽고 또 읽는 것이다.

사마천이든 사마천을 흠모하고 흉내 낸 이사마이든 독재 시대의 지식인은 삶이 고달프다. 우환의식에 몸은 뜨겁지만 차마 글로 다 풀지는 못한다. 그럼에도 쓰지 않을 수는 없다. 지식인의 숙명이다. 큰 지식인은 세상을 문명적 수준에서 살피는 존재다. 문명이란 힘의 시대임에도 애써 강자보다 약자를 배려하는 것이다. 힘 있는 쪽을 따르는 대신에 약한 쪽을 배려하려니 심히 버겁다.

5. 이병주와 다른 작가들 : 이문열, 김동리, 김훈, 조정래

학(學)으로나 지(知)로나 색(色)으로나 주(酒)로나 나림에 방불 하는 소설가는 없다.

평론가 김윤식은 임종을 앞둔 병석에서 가장 기억에 남는 작가가 누구냐는 질문에 "이병주다."라고 답했고, 인간적으로 가장 기억에 남는 사람이 누구냐는 질문에도 "역시 이병주다."라고 답한 바 있다. 임헌영은 『한국소설 정치를 통매하다』에서 가장 중요한 현대 문학인으로 조정래와 박경리 그리고 이병주를 꼽았다.

이병주처럼 박력 있고 남성적인 글을 쓰는 작가는 지금 우리에겐 없다. 유일하게 비교할 만한 작가는 이문열이다. 나림의 영향을 깊이 받았음을 인정한 이문열의 경우, 오히려 나림보다 더 우미(優美)하고 유려한 문장에 더 정교한 구성을 자랑하며 더 의고체(擬古體) 글을 쓰지만 스케일이나 볼륨에선 미치지 못한다.

청년기 시절 경험의 차이가 있는 것이다. 이문열이 보수동 책방 골목에서 난독(亂讀)하며 인사와 세사를 익힐 때, 이병주는 일본에서 양사(良師)와 익우(益友)를 만나는 등 폭 넓은 교제를 한다. 이문열의 『젊은 날의 초상』이

1960-70년대 분단의 한국으로 한정되었다면, 이병주의 젊은 날은 식민지에서 일본으로 다시 중국으로 종횡사해(縱橫四海)했다. 훌륭한 자질에 오랜 절차탁마라는 공통점이 있다 해도 견식의 차이가 분명한 것이다.

아나키즘과 관련해서는, 이문열은 부친의 사상적 행적을 추적하는 과정에서 하기락을 몇 차례 방문하지만 그저 주변을 서성이다 만 정도로 그쳤다. 대구매일신문 기자로 갓 문단에 데뷔한 이문열은 지역의 대학 철학과에 재직하던 하기락에게서 바쿠닌의 원서를 빌려 보는 등 아나키즘에 관심을 보이지만 다분히 공부를 위함이었다. 월간『신동아』에 연재했던「둔주곡 1980」에서 이문열 스스로 "결국 자네는 우리 사람이 아니었구나." 하는 하기락의 말로 당시 상황을 전하고 있다. 그 공부가 부친을 그린『영웅시대』에 활용된다. 이문열의 아나키즘 열독은 월북한 부친의 청년시절 사상적 행적을 찾아가는 여정의 일환이었을 따름이다.

다만 이문열의 아나키즘 이해는 아주 깊다. 프루동과 크로포트킨도 숙지하고 있고, 마르크스와 바쿠닌이 결별한 사유 즉 코뮤니즘과 아나키즘의 차이도 분명히 짚고 있다. 일본 유학생과 노동자들이 조직했던 아나키즘 계열의 단체들에 대한 이해는 물론이고, 하기락의 체험담에서 얻은 지식이겠으나 해방 후 경남 안의에서 결성된 아나키스트 연맹과 단주 유림(柳林)이 주도한 최초의 아나키스트 정당인 독립노동당 등 흑색운동 전반에 대해 훤히 알고 있다. 『영웅시대』엔 부친 역의 이동영이 아나키즘에서 볼셰비키로 전향하게 되는 경위도 상세하다. "본질적으로 리버럴리즘에 뿌리하고 있는 아나키스트로서는 드문 예로 그는 어떤 이유에서인지 볼셰비키로 전향하고 있었다."며, 자주인 모임을 지도해오던 이동영의 사상적 스승 박영창의 변신을 묘사하고 있다. 당시 함께 자주인 모임을 하던 동지들 중 일부는 독자적으로 아나키스트 활동을 계속 하고 일부는 볼셰비키와의 재결합에 동참한다. 다만 북한 체제를 선택한 그들 대부분은 6.25 전쟁 중 사상적 붕괴를 겪으며 자포자기 하거나 전후 남로당 숙청 때 비참한 최후를 맞는다.

이문열은 소설에서 부친의 최후를 드라마틱하게 묘사하지만, 『영웅시대』 출판 이후 생존을 확인했고 나중에 이복동생을 중국에서 만나 『아우와의 만남』이란 작품을 쓴다. 남로당 숙청을 비켜갈 정도로 이문열의 부친 이원철은 유능한 학자였다. 1992년 황석영이 뉴욕의 북한 외교관에게 물어 그의 근황과 가족 상황을 알려준 일화는 유명하다. 이념의 덫에 걸려 혹독한 시절을 보냈던 황석영은 "6.25 난리 통에 손 놓고 잃어버린 동생 같은" 이문열에게 가족을 버리고 월북한 부친을 용서하고, 자유롭게 휴머니즘의 큰 벽화를 그리라고 조언했다.

아나키즘을 장편소설에서 다룬 작가로는 일찍이 김동리가 있다. 『자유의 역사』가 바로 그 작품이다. 김동리가 아나키즘이 가장 중시하는 "자유란 도대체 무엇인가 하는 문제를 그려보기 위해 쓴" 것으로 1959년의 일이다. 나는 이 작품을 『관부연락선』보다 몇 년 먼저 중학생 때 읽었으나, 워낙 어려서 많은 내용을 제대로 독해하지 못했다. 대학 때 다시 읽고 이후에도 한 차례 더 정독했다.

주인공 김인식은 자신의 일기 「표박자(漂泊者)의 수기(手記)」에서 아나키즘을 습득하게 된 사연을 소상하게 기록하고 있는데, 사상적 스승 진기의 "인자한 무정부주의"의 내용이 독특하다. 중국인 학자 진기는 품이 큰 인물이다. 중일전쟁이 한창이던 시기에 일본 군복을 입은 낯선 한국인 청년을 동정하여 집안에 들이고, 외동딸과의 교제도 허용하며, 급기야는 사위로 받아들이기까지 한다. 진기와 김인식 두 사람의 극적 만남은 무엇보다 자유라는 가치에 강력한 유대감이 있었기 때문이다. 학병에서 탈출한 이유를 묻자 김인식은 "선명한 의지가 있어서는 아니지만 어렴풋하게나마 자유롭고 싶어서"라고 답한다.

진기가 그런 그에게 처음 권한 책이 크로포트킨의 『상호부조론』과 루소의 『민약론』이다. 거기에 공자 사상을 더한다. "루소의 양심과 크로포트킨의 자유는 감정적 만족을 줄뿐 현실적 근거가 박약해 바쿠닌 식의 극좌적 파괴주의로 가거나 공산당에 이용당하기 때문에 공자의 현실주의와 인의주의(仁義主義)가 필요하다"는 것이다. 중국 전통사상에서 노자나 장자가 아닌 공자를 전거로 든 건 아주 독특한 접근이 아닐 수 없다.

대부분의 아나키스트는 전통에 대해 부정적이지만, 더러 우량한 전통에 우호적이거나 심지어 경의를 표하는 사상가도 있다. 중국 근대의 대표적 아나키즘 잡지 '천의(天義)'의 주필 류스페이(劉師培)는 도덕으로 권력의 악성을 감싸고자 하는 유가사상은 권력의 허화(虛化)를 강조하느니만큼 아나키즘 친화적이라고 주장한다. 유정(有情)하며 품격 있는 천하를 지향하는 유가사상은 바로 아나키즘의 지향과 유사하다는 뜻이다.

사실 아나키 사회는 구성원들이 자율적이고 자연스러운 리듬에 따라 자발적으로 연대하는 사회다. 좋은 품성을 가진 사람들의 연합이다. 그런 의미에서 좋은 품성의 배양을 강조하고 자발적인 배려와 양보를 주장하는 공자의 사상은 아나키 사회를 만들어 가는데 아주 유용한 기반이 될 수 있다. 공자가 구상한 사람다움과 세상다움은 아나키즘의 이상과 별반 다르지 않다는 것이다. 진기의 크로포트킨 더하기 루소 더하기 공자의 아나키즘은 그런 맥락에서 류스페이 류라고 할 수 있다.

　그런 훈도를 받은 김인식은 부인과 사별 후 충칭의 임시정부에 가서 독립투사 부친의 순국을 확인하고, 아나키즘 계열의 인사와 어울린다. 조선무정부주의자연맹에 가입하는데, 당시 충칭엔 단주 유림이 있었다. 테러를 위함인지 단순한 수련의 의미인지 확실치는 않으나 무술 단련에도 몰두한다. 귀국해서 유림이 창당한 정당에 참여했는지 언급은 없지만 아나키즘 계열 신문사에서 일한다. 다만 김인식 스스로 "성실하고 진지한 아나키스트는 아니다. 그저 자유지향적인 표박자일 뿐이다"라고 하며 스스로 건달이라 규정한다.

　다소 나이브한 얼치기 아나키스트라 할 만하다. 사상적으로도 치열하지 않고, 성실하거나 도덕적이지도 않다. 이념형도 아니고 생활형도 아닌, 그냥 좀 나른하다. 아나키즘에 살짝 물든 로맨티스트인 것이다.

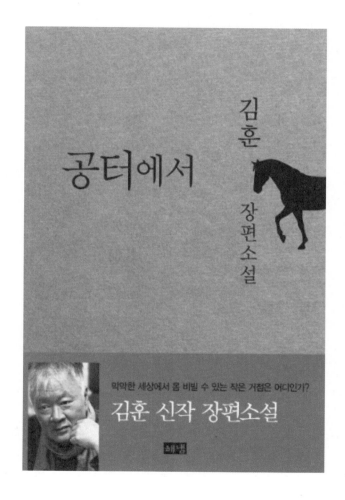

공터에서

김훈

장편소설

막막한 세상에서 몸 비빌 수 있는 작은 거점은 어디인가?

김훈 신작 장편소설

김훈의 『공터에서』에도 아나키스트가 등장한다. 이 소설은 자신의 부친인 김광주 이야기다. 김훈은 "빚만 남겨놓고 가신 아버지 때문에 대학을 3학년에 그만 두고 생활 전선에 뛰어들 수밖에 없었다."고 회고 했는데, 가족의 사람이라기보다 사회와 나라의 사람으로 살았던 부친에게 애증이 심했던 듯하다. 농담반 진담반으로 자신의 호를 '대퇴' 즉 대학 중퇴라고 부르기도 한다. 김훈은 아버지와 관련하여 "나는 어려서부터 삼국지 읽느라 인생 버렸다"고 했지만, 그건 다소 반어적 표현이라고 생각한다. 그 『삼국지』를 번역한 작가가 바로 김광주다. 내가 중학교 때 처음 읽었던 『삼국지』와 『수호지』도 모두 김광주 번역의 문고본이었다.

김훈은 강호에 사는 듯 호방하고 의연한 부친의 글을 어려서부터 가까이 했다. 때로는 얼근하게 취기가 오른 부친이 불러주는 신문 연재소설의 원고를 받아 적기도 했다. 김훈의 놀라운 필력은 그렇게 이어지고 다듬어진 것이다. 다만 세상 물정 모르는 부친이 술빚만 잔뜩 남기고 떠난 탓에 서둘러 생활을 책임지게 된 것을 푸념한 것이다. 부친에 대한 오랜 애증을 『공터에서』로 표현했고, 나는 그 소설을 드디어 부자가 화해를 한다는 뜻으로 읽었다. 그 작품엔 아버지의 상하이 시절 이야기가 더러 나온

다. 그리고 장례에 문상 온 노 혁명가들의 이야기도 나온
다. 김훈은 예의 그 각박하고 건조한 문장으로 별일 아닌
듯 무심하게 썼지만 거기엔 상당한 사연이 들어 있다.

김광주1910~1973 출처:한국학중앙연구원

김광주는 1930년대의 근 10년을 상하이에서 지내며 여러 아나키스트와 교유했다. 그는 1965년에 발표한 『상해시절회상기』에서 독립운동의 한 거점이었던 가형 김동주의 만주 포리병원에 의탁해 있던 시절부터 상하이에서 의학 공부를 하다가 문학으로 전향하게 된 일 그리고 김구와 김두봉 조완구 등 임시정부 지도자들을 비롯하여 이회영 같은 어른들과의 만남을 회고하고 있다. 그리고 여러 지면에서 독립을 위해 투쟁하다 죽거나 미처 귀국하지 못한 동지들에 대한 짙은 그리움을 표현하고 있다.

그 중 특히 김광주가 그리워 한 인물 둘이 정해리와 이하유다. 정해리와 이하유는 남화한인청년연맹의 단원들로 김광주에게 멘토 역할을 했다. 남화한인청년연명은 1930년대 들어 일본의 중국 침략이 더욱 노골화되면서 일본과 베이징 만주 그리고 국내의 아나키스트들이 상하이 조계에 모여 결성한 비밀 결사다. 유자명 정해리 등이 조직하고, 이회영이 합류하며 구심점이 된다. 연맹 구성원 40여 명 중 백정기를 비롯한 30여 명이 의열 투쟁에 앞장서 희생했다.

정해리는 김광주가 근무했던 인성학교의 동료이자, 아나키즘을 훈도해 준 스승이다. 김광주는 『회상기』에서 "정해리는 철두철미 권력과 지배를 부인하는 자유주의자였고 인권 평등주의자였다. 사회의 불순 죄악을 제거하는 데 항상 인생은 용감해야 한다는 것이 그의 주의이자 신념이었다."라고 하며, 일제 타도와 밀정 근절을 절규하는 격문을 써서 남화한인청년연맹의 명의로 뿌렸던 사실을 적고 있다. 다만 김광주는 정해리 사상에 공감하고 함께 성토문을 작성하기도 했지만 직접행동에 가담하지는 않았다. 행동가이기보다는 문학청년이었고, 남화연맹도 당시 학생이었던 그를 굳이 의열 투쟁에 참여시키지 않았던 것 같다.

김광주가 그리워 한 또 한 사람 이하유는 일본에서 흑우연맹 회원으로 활동하다 중국으로 망명한 인물로 "말보다 행동이 앞서는 과감 무쌍한 청년"이었다. 김광주는 이하유가 충칭에서 8년을 활약하다 귀국해서는 얼마 되지 않아 우연하고 기이한 식중독으로 세상을 떠난 것을 심히 아쉬워하며, "사상이나 주의를 떠나 더불어 말할 수 있는 벗을 잃어버린 서글픔을 가슴에 간직한 채 늙어간다"고 했다.

趙廷來 大河小說

太白山脈 1

제1부 恨의 모닥불

해냄

「태백산맥」1986

흔히 조정래의 『태백산맥』과 이병주의 『지리산』을 비교한다. 나는 두 가지 이유로 아예 비교 자체가 되지 않는다고 생각한다.

우선, 두 작가의 공력의 차이가 크다. 나림의 『지리산』은 일제 말기의 학병문제부터 해방정국의 좌우 이념 대결 그리고 빨치산 이야기까지 전체적으로 내용을 충분히 파악하고 그 기반 위에 큰 그림 작은 그림을 그려 간다. 작가가 스토리와 캐릭터 모두 온전히 장악하고 실타래 풀듯 풀어가는 것이다. 바로 자신의 이야기이고 친구의 이야기인 것이다. 공산주의와 자유민주주의 그리고 아나키즘 등 정치사상 전반에 대한 이해는 물론이고, 남북한 문제와 국제관계에 대해서도 해박하고 균형 잡힌 견식을 갖고 있다. 특히 권창혁과 박태영을 통해 분석하고 평가하는 공산주의 일반과 소련 공산당, 조선 공산당의 행태 대목은 압권이다. 당대를 주도했던 정치인과 지식인과의 교유도 많다보니 에피소드도 아주 실감이 난다.

조정래의 『태백산맥』은 전체 분량 10권 중 4권까지가 한계다. 5권부턴 뒤늦은 공부에 허덕허덕하며 쓴 게 역력하다. 길게만 쓴다고 장편이 아니다. 작가의 역량을 넘어서는 독자의 기대와 호응이 작가를 발분케 하는 것까진 준수하나 벼락치기 공부로 만족을 줄 수는 없는 노릇이다. 그러다보니 내용의 수준이 들쑥날쑥하고 캐릭터가 흔들흔들 한다. 급기야는 열성적인 독자와 1980년대라는 시대상에 영합하기까지 한다. 작위적이 되고 그만큼 설득력도 떨어진다. 명확하게 이해하지 못하면 명쾌하기 서술할 수도 없는 것이다.

다음, 취향 문제라고 할 수도 있을 문체 차이다. 나림의 『지리산』은 장과 절을 시작하는 문장이 간결하고 묵중하다. 이를테면 "여름 매미는 가을을 모른다." 거나 "산은 살아 있다." 또는 "계절은 추워도 정치 열풍은 거칠었다." 하는 식이다. 지리산의 사계를 묘사할 때도 한 두 마디로 압축할 뿐이다.

조정래의 『태백산맥』은 주절주절 문장이 길다. 지리산에 봄이 왔다는 묘사가 한 장이 다 되도록 늘어지기도 한다. 내용이 부실하니 문장이라도 예쁘게 다듬자는 시도라면 이해할 수 있으나. 덕유산이든 지리산이든 산수 즐기자고 그 슬프고 힘든 이야기를 읽는 것은 아니지 않은가.

문체는 작가의 개성이고 독자의 취향이니 여기까지 하고, 나는 적어도 공력에서만큼은 두 작가를 대등한 선상에 두고 비교하는 것 자체에 동의하지 않는다. 조정래의 베스트셀러 『정글만리』가 적절한 예라고 생각한다. 일흔 노 작가가 1년을 중국에 체류하며 공부한 결과를 신선한 작품으로 냈다는 사실은 우선 높이 평가할 일이다. 그가 젊은 작가들에게 "소재가 없다고 투정하는 건 게으름일 뿐이며, 공부하라."고 일갈한 것도 경청할 만하다. 하지만 책의 내용을 보면 부실하고 허접하기가 끝까지 읽어주기 조차 어려울 정도다.

조정래는 "한국인이 중국을 몰라도 너무 모른다."며, 중국을 입체적으로 묘사하기 위해 『정글만리』를 썼다고 했다. 중국의 경제 현장을 나름 분석하고 전망한 작업이다. 2013년 일이다.

하지만 정작 책의 내용은 용두사미다. 조정래가 진정 대가라면 그리 일방적으로 중국을 과대평가하는 일은 없을 것이다. 원로의 통찰은 어디에도 보이지 않는다. 그의 시각이 편향되고 견식이 좁아 중국에 한 동안 체류했음에도 명과 암을 두루 살피지 못했고, 경도된 이념 탓에 균형감을 상실했기 때문이다.

2013년 같으면 중국식 성장의 한계가 이미 노정되고 있었다. 개혁개방 이후 30년 동안 이어져 오던 연 10%의 고성장 추세가 막을 내리고, 생산성 증가율이 급격하게 하락하던 대목이다. 사실 '중국 특별론'이란 게 3분의 1은 생산성 상승 덕이지만 3분의 2는 자본과 노동 투입에 의존하는 외연적 성장이었음을 제대로 된 연구자라면 안다. 서구에서 300년 걸린 산업혁명과 정보혁명을 단 30년 만에 압축적으로 한꺼번에 이룬 속도와 15년 만에 유럽 전체의 주택 공급량과 맞먹는 수의 건물을 지은 규모에 압도되어, 폭발적인 외연 성장에만 매몰되면 그 실상이 잘 안 보인다. 조정래가 중국에 체류하며 중국 경제를 공부하고 공산당 개발 독재를 파악하던 시절 이미 중국은 도로 건설하고 집 짓고 공장 세우는 인프라 투자로 성장률을 유지하고 있었다. 2011년에 30층 건물을 단 15일 만에 짓고, 2014년엔 57층 고층 건물을 19일 만에 짓는 등 토건국가 쇼로 자부심을 과시하고 세상을 미혹했다. 하지만 그때 중국은 중진국 함정에 빠지기 시작했다. 공산당이란 정치와 국유 기업과 은행이란 경제가 카르텔을 형성하며 진행하는 개발 독재를 더는 지속할 수 없음이 분명해지고 있었다. 그동안은 정치가 경제 성장을 견인했지만 이제 바로 그 정치가 한 차원 더 높은 성장을 저해하는 걸림돌이 된 것이다. 역사적 경험으로 개발 독재의 끝은 늘 그렇다. 얼마나 지체되느냐의 차이가 있을 뿐, 중국만이 예외일 수는 없다. 중국 특색의 사회주의가 '중국 특별론'으로 평가되는 건 과도기적 현상이다.

중국을 공부하는 사람들은 늘 과대평가와 과소평가 사이에서 고민하게 된다. 있는 그대로 보기가 그만큼 어렵다. 그래서 일단 '겸손한 불가지론'의 자세로 접근한다. 대가라면 더욱 그렇고 그래야만 한다. 조정래의 중국관은 그 어디에도 해당되지 않을 뿐 아니라 기본적으로 공부가 너무 부족하다. 그럼에도 그 부실한 소설이 구름 같은 팬들로부터 명저 대우를 받는 건 그의 복이다.

천하의 루쉰(魯迅)도 그랬다. "반응을 얻지 못하는 창작은 공허하다."고. 책은 자고로 읽혀야 보람이다. 다만 『태백산맥』이 더 많이 읽혔다고 『지리산』보다 나은 소설이란 주장만은 하지 않았으면 할 따름이다. 책의 가치는 읽는 사람이 만들어 낸다.

6. 나림과 테러리스트

테러리스트의 운명은 영웅적 실패자다. 운명에 대한 테러이든 시대에 대한 테러이든 테러리스트의 고백은 결국 미완이다. 나림은 무명의 패배자들에게 발언권을 주고, 결과가 아닌 동기와 과정을 희미한 달빛에라도 비추어주고자 했다. 역사의 비정함을 보상하는 것이 문학이며, 현실에서 해소하지 못한 딜레마를 기록하는 것이 문학이라고 믿었다. "햇빛에 바래면 역사가 되고, 달빛에 물들면 신화가 된다."는 신념이 확고했다.

사기

사마천 『사기』의 종지(宗旨)는 군권(君權)과 협권(俠權)이다. 한편으론 절대 권력자의 인간과 권력에 대해 이야기하지만, 다른 한편으론 검을 휘두르며 유성(流星)처럼 스러지는 협객을 이야기하는 것이다. 군주다움과 협기(俠氣)를 병렬한 사마천의 수예(手藝)가 절묘하다.

사마천은 역사는 결국 사람의 문제라 여겼다. 사람을 지배하는 것이 정치이고, 정치를 움직이는 힘이 권력이라고 파악했다. 『사기』는 정치인(Political Man) 기록인 것이다. 중심 인물의 기록이 본기(本紀)이고, 그 인물을 둘러싼 집단의 기록이 세가(世家)이며, 정치인 개인 개인의 기록이 열전(列傳)이다. 그 열전에 자객과 유협(遊俠)의 기록이 도도하다. "사람은 누구나 죽지만 어떤 죽음은 새 날개만큼 가볍고 어떤 죽음은 태산처럼 무겁다."는 주장이 문사일체(文史一體)로 유려하고도 비장하다.

양근환, 김구, 박열 출처:독립기념관

이사마 나림도 동정람을 비롯한 여러 테러리스트를 위해 만사(輓詞)를 썼다. "화산의 분출구 옆에 앉아 별을 헤고 있는" 감정으로 미완일 수밖에 없는 테러리스트의 고백을 기록한다.

李炳注

實錄大河小說

山 河

第1部 背信의 日月

「산하」1985

『산하』에 지사 테러리스트가 등장한다. 좋게 말하면 난세의 걸물이지만 달리 말하면 '천하의 잡놈'인 이종문이 해방을 맞아 큰물에서 뭔가를 해보겠다는 다짐으로 경상도 남녘의 시골에서 서울로 와 처음 의탁하는 데가 양근환 집단이다.

양근환은 내선일체에 앞장섰던 국민협회 회장 민원식을 단기(單騎)로 도쿄에서 척살한 항일운동가다. 그의 협기와 과단성에 좌우 인사 모두가 두려워했다. 양근환이 해방정국에서 만든 '혁신 탐정사'는 특히 좌익 인사 테러에 집중했다. 김구를 중심으로 아나키스트 박열과 양근환이 함께 찍은 사진이 남아 있다. 양근환의 정체성을 보여주는 아주 인상적인 장면이다.

그 '혁신 탐정사'의 숙소에서 졸개 행동대원 노릇을 시작하는 도박꾼 이종문에게 사람의 도리와 세상의 이치를 살갑게 훈도해주는 선배 둘이 있다. 문창곡과 성철주로, 특히 문창곡은 성철주와 장기를 두다 "열 번을 물려달라고 해도 열 번을 다 물려주는" 인품이다. '그 테러리스트' 동정람만큼의 품격과 재능은 아니지만, 의기(義氣)와 인간됨만큼은 아나키스트 지사답다. 문창곡은 김두한이 형님으로 예우하는 1급 테러리스트다. 역량은 기본이고, "3년 징역은 내가 불민하다는 증거는 되도 애국자란 증거는 못 되오" 라는 겸양까지 갖추고 있다. 용의주도하고 직감이 번득이지만 평소 태도는 유하기가 수양버들이다.

문창곡은 양근환 수하의 맏형 격으로 불같은 보스의 과격함을 누그러뜨리는 역할을 하지만, 각오만은 오지다. "아쉽지만 나라와 백성을 위해 죽어줘야 할 사람이 있는 거요. 한 사람의 죽음이 대세를 돌리는 계기가 될 수도 있으니까요. 정의가 똑바로 서고 질서가 잡혀 있으면 우리들이 비상수단을 쓸 필요가 없지요." 이에 누가 무엇으로 그걸 정하느냐며 이종문이 무식함과 술기운을 빙자해 덤벼본다. 문창곡의 대답은 이렇다. "대의를 위해 어떤 사람을 죽일 작정을 하면 죽이는 자신도 죽을 각오를 하는 겁니다. 내 생명과 그 편의 생명을 상쇄한다는 얘기죠. 나와 상대방을 상쇄한다. 이게 테러리스트의 각오이며 윤리이며 명분이오."

자신이 죽어야 테러리스트도 끝장이 나는 것이다. 그러니 테러리스트의 고백은 미완일 수밖에 없다. 문창곡은 설령 테러가 성사되고 테러리스트는 목숨을 부지했다 해도 그건 덤으로 사는 인생이라고 말한다. 정의를 실현하려 들면 그 순간 악이 되는 것이다.

『산하』엔 로푸심이란 신비한 인물도 등장하는데, 그 또한 아나키스트다. 온 몸이 무술로 정한하게 단련되어 있는가 하면, 상하이 후장(扈江) 대학에서 수학한 문무겸전의 인물이다. 5개 국적을 가진 세계인이면서도 어느 한 곳에 정착하지 못하는 천생 노마드(Nomad)다. 해방정국에서 어느 정치인도 지지하지 않고 자신의 입장을 견지하는 뚝심을 보인다. 광복 1주년 기념식이란 정치 일정이 있는 날도 좌우 어느 한쪽의 행사에 참석하는 대신 훌쩍 북악산에 오른다. 마침 비슷한 생각으로 산에 오른 이동식과 조우하며 그의 인생이 극적으로 변한다. 평생 정착하지 못하던 로푸심은 생의 마지막 열정을 친구 이동식과 그 가족을 위해 희생하기로 하고 인천상륙작전의 전초 부대에 기꺼이 자원한다.

로푸신

로푸심이란 이름은 그가 흠모했던 러시아 아나키스트 사빈코프 로푸신에서 차용한 것이다. 로푸신은 테러 단체를 이끌기도 하고 반 볼셰비키 운동을 지휘하기도 한다. 테러리스트의 열정을 책으로 쓴 명 문장가이기도 하다. 동료의 배신으로 체포되자 자결한 비극적인 인물이다.

　　로푸심은 '서노일체(恕怒一體)'란 글을 좌우명으로 걸어 놓고, 끝내 부친의 원수를 갚는다. 민족도 배반하고 마약으로 해악을 끼친 인물들을 기어이 찾아내어 응징하고 죄상을 중인환시리(衆人環視裏)에 드러낸다. 이른바 장충단 고개 사건이다. 문창곡은 그 사건의 범인이 잡히면 어떤 대가를 치르라도 구출할 것이라고 공언한다. 물론 로푸심은 잡히지 않는다. 동정람의 폴란드 애인 에스토랴가 한 말 그대로다. "테러리스트는 붙들리지 않고 살아 있다는 사실이 무언의 위협이다." 문창곡과 로푸심, 테러리스트들의 의기가 투합 하는 대목이다. 테러리스트란 결국 원한에 사무친 인간들을 대표하는 엘리트인 것이다.

　　『산하』에는 『별이 차가운 밤이면』에도 등장한 바 있는 상하이의 이중 첩자 케이스가 아주 구체적으로 소개되고 있다. 일본군의 간첩이 애국자로 표변한 생생한 사례다. 나림이 유작에서까지 천착했던 문제의식이 일찍부터 치열했다는 뜻이다. 당대의 대표적 문사 중 하나였지만 거

듭된 변신으로 본인도 망신(亡身)하고 사회에도 해악을
끼친 김경재의 경우다.

"김경재는 한마디로 말해 1920년대에서 1950년대까
지의 우리 민족의 서글프고 어두운 일면을 상징적으로 나
타내보인 그런 인물이다." 라고 시작해 그의 멀미나도록
큰 편차의 곡절과 전신(轉身) 그리고 허망한 죽음을 소개
한다. 수원고농(水原高農)의 학생시절부터 사회운동을 시
작한 그는 1924년 공산청년동맹에 가담했다. 그 때 비서
책이 박헌영, 선전책은 김단야, 조직책이 조봉암이었는
데, 조봉암이 모스크바에 특파되자 김경재가 조직책을 맡
는다. '개벽'에 권두언을 쓸 정도로 문명도 날렸다. 공산
당 일제 검거 선풍 때 체포되고 출감 후 만주의 민족학교
동흥중학 교장으로 초빙된다. 여기까지는 독립 해방을 위
해 싸운 열렬 투사였다. 만주사변 후 일제에 굴복, 상하이
에 파견된다. 일본 군부의 두터운 신임으로 정보공작은
물론이고 호텔과 극장도 경영하며 '상해신보'란 신문까지
발행한다. 보통의 세도가 아니었다.

문제는 일본 참모본부의 정보책임자이면서도 여운형이
조직한 건국동맹의 사업을 원조했다는 것이다. 정보를 다
루고 국제정세에 밝은 탓에 일본의 패망을 예감하고 재빠
르게 변신하여, 지하단체 건국동맹의 만주와 화북 지역

책임자인 최근우를 지원한다. 민족적 양심의 발로란 명분으로. 그런 연막과 위장을 바탕으로 해방 후 최근우를 통해 여운형 계열의 일을 하다 건준(建準)이 해체되자, 대구에서 과수원을 경영한다. 6.25 전란 중에 "미친 개에 물려 그야말로 개죽음으로 어두운 풍운의 일생을 끝마쳤다"고 한다.

나림은 「변명」에선 장병중이란 김경재 류의 인물이 애국자 행세하는 걸 알면서도 여러 차례 밝힐 기회를 놓치고 고뇌하지만, 『산하』의 테러리스트들은 과감하게 응징하는 것이다. 다만 나림의 뜻은 좀 더 깊다. 응징도 위신과 품격이 있어야 하고 때가 있는 법인데, 그건 세도를 부릴 때 보복하고 응징하는 것이다. 다 떨어진 넝마 신세가된 다음에 뒤늦게 매질하는 건 마음만 상하는 일이다.

테러는 약자가 강자에게 대항하는 것만은 아니다. 강자가 약자에게 가하는 테러도 똑같은 경우로 다뤄야 한다. 언어학자로 유명한 아나키스트 노엄 촘스키는 『권력과 테러』에서 "강한 자의 약한 자에 대한 테러리즘 문제를 거론하지 않고 약한 자의 강한 자에 대한 테러리즘을 이야기할 수 없다."고 주장했다. 강한 자의 약한 자에 대한 테러는 강대국의 약소국에 대한 폭력일 수도 있고, 국가의 개인에 대한 폭력일 수도 있다.

將軍의 時代

李炳注 長篇小說

4 그해 5월

장차의 역사적 심판이 어떠하건
5. 16쿠데타가 우리 민족사적으로
결정적인 비극이라는 사실은 분명하다.

일제문치 36년 그 아성에게 신물하길 80수년에 걸친 서일 끝에 민족의 비분의 눈물이 채 마르기도 전에 일본군 출신의 하급장교를 국가의 원수로서 받들게 되었다는 사실이 비극이 아닐 수 없는 것이다. 따지고 보면 제5공화국은 5. 16쿠데타의 연장선상에서 나타난 것이며 5. 16비극이 없었더라면 제5공화국의 비극이 있을 수 없었다고 생각할 때 민족의 통한을 새삼스럽게 되씌기게 된다.

최근 나는 일본의 공보를 통해 1987년 9월 29일 일본국회가 2차대전 때 일본군에 속해 있던 대만의 친공자 유족 등에 대한 조의금으로 전사상자 1인당 일화 2백만 엔을 지불한다는 법률을 공포했다는 사실을 알았다.

같은 공보에 발표된 조선 출신의 전사상자의 수는 약24만 2천 명인데 이들에 대한 보상문제는 1963년에 해결되었다고 했다. 대한의 예대로 조의금을 받게 되면 약42억 달러가 되는 셈인데 1963년 한일협정으로 우리가 받은 돈은 무상 3억 달러, 유상 2억 달러뿐이다. 이러한 진활을 밝히기 위해서도 '장군의 시대'는 계속 씌여져야 하는데, 얼만가의 시일을 더 기다려야만 하겠다.

기린원

『그해 5월』·『장군의 시대』 1984

나림은 국가의 개인에 대한 테러에 특히 주목했다. 장군의 사상과 철학자의 사상이 같아야만 하는 '장군의 시대'에 단지 다른 신념을 가졌다는 이유만으로 형장의 이슬로 스러져야 했던 인물에 대한 기록이 애틋함을 넘어 통분이다. 『그해 5월』에는 혁신계 인물 최백근과 민족일보사 사장 조용수의 사형 선고 이유와 집행 과정이 소상하다. 당시 혁신계의 사상이란 민주사회주의 내지는 사회민주주의 정도였는데 '장군의 시대'는 그 정도의 사상조차 수용하지 않았다. 제자 조용수가 사법 살인 당한 날인 1961년 12월 21일을 기록하면서 "어떤 역사는 이 날을 기점으로 해서 그 사문(査問)을 시작했다."고 썼다. 통곡 끝에 가슴이 파삭파삭 말라버린 느낌이다.

조용수는 교수대에 오르기 2년 전 무슨 예감이라도 있었던 듯 동분서주하며 조봉암의 구명에 진력했었다. 조봉암이 마지막에 술 한 잔을 청하며 "희생자는 나로서 그치기를 기대한다."고 했다는 대목은 단편 「칸나·X·타나토스」에 선명하다. 화려한 색깔과 모양의 칸나 꽃이 가득 담긴 화병이 깨어져 뒹구는 무참함과 대비하고 타나토스까지 등장시킨 나림의 뜻이 처절하다.

강한 국가의 약한 국민에 대한 테러도 언젠가는 사문되고 새로이 평가될 것이란 나림의 기대는 결국 이루어졌다. 조봉암은 2011년 대법원이 재심하고 무죄를 선고하여, 52년 만에 복권되었다. 조봉암이 연루된 진보당 사건은 당시 정부의 정치 탄압이었다는 결론이다. 조용수도 2008년 서울중앙지법의 재심으로 무죄가 선고되었다.

7. 『허균』과 아나키즘

이병주는 '이사마'답게 역사적 인물에 대한 관심과 애정이 두텁다. 정도전과 정몽주 같은 정파(正派) 뿐 아니라 허균과 장자와 같은 반파(反派) 그리고 홍계남 같은 비주류 인물까지 두루 소설로 엮었다. 특히 반역적 천재들에 대한 공감과 연민이 유난하다.

사람은 보통이면 되는데, 보통이 넘는 그래서 고생을 사서 하는 인물들이 있다. 저항적이고 반항적인 천재들이다. 현대에선 『지리산』의 박태영이 그런 인물이고, 과거에선 『허균』의 허균이 대표적이다. 사람이든 조직이든 보통의 노력으로 지탱되어야 영속성도 있고 인간성도 있게 마련인데, 비상하다는 데 늘 문제가 있다. 바로 그 비상성(非常性)에 화인(禍因)이 있는 것이다.

허균은 조선 유학 세계의 이단이다. 조선은 교육과 지식이 절대였던 시대였다. 사대부가 주도하는 나라, 스칼라(Schola)가 전부인 시대, 나쁘지 않다. 다만 열린 지식과 교육이 아닌 인습과 레토릭에 매몰되었다는 게 문제다. 매뉴얼을 훌쩍 뛰어 넘는 천재들, 그 천재성을 시대에 영합하여 부귀와 영화를 누리는 것으로 탕진한 인사도 있었고, 권력에 아첨하여 세도를 만끽한 인물도 있었다.

許筠1569~1618 출처:국제신문

그런가 하면 아주 드물지만 그 천재를 기존의 질서에 저항하거나 뒤집는데 그리고 새로운 질서를 창출하는데 애써 집중한 대재들이 있었다.

허균은 교조적인 유학이 통치 이데올로기로 작동하는 절대 왕정의 구속이 싫어 작정하고 기행을 일삼은 천재다. 권위적이고 정치적인 관학을 조롱하듯 한다. 그는 조선왕조실록의 기록대로 "(유학적) 문장이 일세에 독보하였으나", "불(佛)과 노(老)에도 출입한" 천부의 재능을 가진 인물이다. 삼척 부사 시절엔 목에 염주를 걸어 얼치기 유학자들을 놀린 일까지 있었다.

허균은 인생이 '음식남녀(飮食男女)'란 사실을 아주 솔직하게 실천한다. 음식남녀란 먹고 마시는 것과 남녀의 정 나누기는 삶의 보편적인 욕망이란 뜻이다. 성 스캔들이 끊이질 않았고, 미식가 본능도 당당하다. 황해 도사 시절엔 경향의 기생들을 관가 별채에 불러 주지육림을 즐긴 끝에 파직된 적도 있다. 허균이 유배 시절 허기짐 속에서 왕년의 기억만으로 쓴 미식 수필 『도문대작(屠門大嚼)』은 입맛을 다시게 하는 근사한 작품이다. 음식 칼럼의 클래식이다.

나림은 허균의 자유분방한 행적도 따라가고, 그의 일탈과 탈속도 그린다. 허균의 탁발함은 지성이나 도덕성에 있지 않고 그저 기질에 있을 뿐이란 주장 같다. 허균은 비범성과 속악성이 혼재된 인물이다. "천재는 독창적이다. 그런 만큼 건전한 사상의 소유자일 수 없다. 천재의 사상을 그냥 마시면 독이 되니 물을 타서 마셔야 약이 된다."는 게 나림의 『허균』 쓰기다.

그리고 새로운 체제를 꿈꾸며 쓴 홍길동 이야기도 한다. 홍길동의 율도국, 허균이 구상한 이상사회다. 허균은 사회 변혁과 인간 평등을 지향한 사상적 반역자였다. 관권의 압제가 없고 신분의 차별이 없는 율도국을 소설로 구체화했다. 문제를 일으키지 않으면 문제가 없는 것과 매한가지다. 다만 문제의 원인만 갖고 문제가 되는 건 아니다. 문제의 원인이 있으면 언젠가는 문제 일으키는 사람이 나오기 마련이다. 허균은 그 예민함과 정의감으로 결국은 문제를 일으킨 것이다.

나림에 의하면 허균은 아직 출사하기 전부터 노장(老莊)에 심취했다. 허균이 훗날 쓴 『한정록(閑情錄)』 열일곱 권의 첫 권 「은둔」에는 전설적인 도가(道家) 소부와 허유 이야기가 가득하다.

허유는 요임금이 아들 단주 대신 양위(讓位) 의사를 표명하자 "두더지는 황하 물을 마시지만 배만 차면 그만이다."라고 하며 물가로 뛰어가 귀를 씻은 은자(隱者)다.

은자는 세상에 나서기를 꺼리는 사람이다. 능력은 있지만 공직을 거부한다. 권력자에게 종속되거나 의존하지 않으며, 권력자가 무언가를 하도록 역량을 발휘해 돕지도 않는다. 쓰임을 거부하고, 세상 구하는 일에 무관심한 것이다.

소부는 허유의 친구다. 허유가 요의 제안을 거절했다는 소문을 듣자 자괴감을 느꼈다. 진정한 은자라면 이름이 알려지거나 그런 소문조차 나면 안 되는데 허유는 그 소문으로 명성을 얻었으니 은자로서 친구로서 부끄럽다는 것이다. 허유가 귀를 씻었다는 시냇물도 이미 더러워졌으니 더 상류로 올라가서 소의 물을 먹이겠다고 떠났다.

그나마 요순시절은 백성들이 격양가(擊壤歌)를 부르던 태평성대였다. "해가 뜨면 일하고, 해가 지면 쉬고, 우물 파서 마시고, 밭 갈아 먹으니, 임금의 덕이 나와 무슨 상관이야." 라며 노래하던 괜찮은 세상이었다. 그런데도 허유와 소부는 정치에서 썩은 냄새가 난다면 멀리했다. 사마천 『사기』의 기록으로 추산하면 요순시대는 기원전 22세기. 「하본기(夏本紀)」에 의하면 요와 순을 거쳐 우임금이 하나라를 건국한 시기가 기원전 2070년이다. 바이블의 노아 홍수로부터 불과 2백 년 뒤이니 참 오래 전이다. 『성경』「창세기」의 연대기에 의하면 노아는 기원전

2970년에 태어났고, 그의 나이 600세 때 대홍수가 있었다. 공자는 요임금이 아들이 아닌 또 다른 현자 순을 발굴하고 키워 선양(禪讓)했다는 요순선양설이란 정치신화를 만들었다. 대대로 성군(聖君)이 이어지기를 기대하는 마음이었다.

허균보다 약 20년 뒤의 인물인 고산 윤선도도 '만흥(漫興)'이란 시조에서 "소부와 허유가 똑똑했다."라고 하며 그들의 은둔 선택을 칭송했다. 임천한흥(林泉閑興) 즉 자연에 은거하며 누리는 즐거움과 한가로움이 현실정치에서 득세하여 권력을 누리는 것보다 낮다는 이치를 깨달은 것이다. 윤선도가 50대 중년에야 이른 경지를 허균은 소싯적부터 심취했다.

허균은 갈홍의 『신선전』도 열독했다. 허균의 첫 소설 『남궁선생전』이 신선술을 익히다 막바지에 주저앉은 남궁두의 사연이고, 기상천외하고 무궁무진한 홍길동의 도술도 『신선전』에서 영감을 얻은 것이다. 갈홍은 아나키즘의 대표적 사상가 포경언의 무군(無君) 주장을 기록한 『포박자』도 썼다. 사상가로서뿐 아니라, 갈홍은 도가 수련에 전념하여 끝내 신선이 되었다는 설이 있을 정도로 의학양생 수련 분야의 대가이기도 하다.

갈홍이 살았던 위진시대는 중국 사상사에서 상당한 의

미가 있는 시대다. 노장(老莊)보다 격렬한 아나키즘이 등장한다. 어거지 정치는 안 되니 자연스런 순리를 따르는 게 최상이란 노자의 주장이나 현실정치에서 훌쩍 벗어나 소요유를 즐겼던 장자의 사상도 아나키즘이다. 하지만 노장은 군주를 폐해야 한다거나 국민에게 정치참여를 독려하지는 않았다. 위진시대에 이르면 적극적 의미의 무군사상(無君思想)이 출현한다.

노자는 약팽소선(若烹小鮮) 즉 정치는 작은 생선을 요리하듯 조심조심 해야 한다는 최소 정치와 무위이치(無爲而治) 같은 고도의 정치를 주장했다. "사람이 사는 모습이야 여러 가지지만 물 흐르듯이 자연스런 삶이 최고이고, 순리를 벗어난 어거지는 안 통한다. 그리고 자연스런 삶을 방해하는 정치는 좋은 정치가 아니라"는 입장이다.

노자

장자는 노자보다 훨씬 더 비정치적이다. 아예 무정치(無政治)다. 생명과 자유라는 기본과 본질을 중시한 장자에게 정치는 자잘한 시시비비 가리기일 뿐이기 때문이다. 장자는 노자보다 오히려 더 현실정치에 불만도 많았고 우언(寓言)을 통해 비판도 더 심하게 했지만, 정치에 기대할 것도 집착할 것도 없다는 사실을 진즉에 알았다. 그래서 어떤 구세(救世)의 구상도 제시하지 않는 것이다. 살아있음과 자유로움 이외의 것에 대해선 그저 담담했을 뿐이다. 장자하면 담백함이다.

이제 위진시대에 와서 격렬한 아나키 주장이 대두한다. 포경언은 "군주가 곧 사회 혼란과 민생 빈궁의 근원"이라고 비판했다. 혼란과 빈궁을 해소하는 길은 군주를 폐하는 것이다. 그 주장이 허균이 즐겨 읽은 갈홍의 저술에 수록되어 있다.

허균이 어려서부터 유가뿐 아니라 불가와 도가에 심취할 수 있었던 것은 가풍이라 할 수 있다. 대사간을 지낸 부친 허엽이 유 불 도를 왕래했으며, 형 허봉은 금강산에서 수도하며 불교에 깊이 빠졌다. 허봉은 이율곡을 탄핵하다 2년 유배 후 적소에서 돌아와 열여덟 살 어린 동생 균에게 글을 가르친다. 아우의 천재를 알고 시우(詩友)인 당시(唐詩)의 대가 손곡 이달을 선생으로 초빙하기도 한다. 이달은 당나라 시인 왕유와 맹호연의 경지에 이르렀다는 칭송을 듣는 대 시인이었으나, 서자였다. 허균은 스승을 기리며 『손곡산인전』을 썼고, 시가 "청신아려(淸新雅麗)"하다고 칭송했다.

『허균』에서 나림은 여섯 살 터울의 누이 난설헌과 균이 시로 마음을 나누는 장면을 연출한다. 허난설헌의 시엔 선계(仙界)의 자유로움을 읊은 내용도 있다. 허균은 허엽이 쉰두 살에 얻은 늦둥이다. 큰형 허성과는 21년 터울이 난다. 온 가족이 막내 균의 천재를 아끼고 키웠다. 세상은 그 가족을 '허씨 5 문장'이라 부르며 문벌(文閥)로 인정한다. 무인의 시대라면 군벌이 최고이겠으나, 문인의 시대 스칼라의 세상 조선에선 문벌이 최고였다.

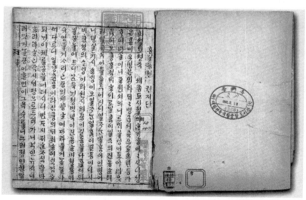

「홍길동전」 출처:국립중앙도서관

『홍길동전』은 홍계남 장군을 모델로 한 듯하다. 홍계남은 나림이 유별나게 연민을 표한 역사 인물이다. 임진왜란 기간 동안 상당한 공적을 세운 맹장이면서도 서자라는 출신 배경 탓에 당대에나 후세에나 제대로 평가 받지 못한 비운의 무장이다. 나림은 『이병주 역사기행』에서 홍계남의 사적지를 두 번 찾은 기행문을 썼고, 소설 『천명』을 지었다. 충분히 뜻을 펴지 못하고 서른넷에 죽은 삽상한 청년 장군을 기리는 마음이 애틋하다.

서얼의 차별을 없애고 능력대로 인재를 등용하자는 주장은 허균 전에도 더러 있었다. 태종 대에 시행되기 시작해 성종 대에 제도화된 서얼금고법(庶孼禁錮法)은 터무니없는 악법이다. 가부장 사회에서 모계로 신분을 정한다는 법이니 뜬금없다. 모친의 비천한 출신 탓에 아버지를 아버지라 부르지 못하고 형을 형이라 부르지 못하며 출사조차 하지 못하는 서자 차별을 해소하려 조광조와 이율곡 등이 애썼으나 실효가 없었다. 유독 허균이 좌충우돌하며 신분 혁명의 기상을 불태웠다.

조선시대는 개인의 흥망성쇠가 가족관계와 직결되는 가족 연좌의 시대였다. 인간은 개체로서의 존재가 아니라 관계로서의 존재였다. 허균처럼 조상과 가족이 날개 역할을 하는 경우도 있지만, 스승 이달처럼 적서(嫡庶)의 차별로 조상과 가족이 평생 굴레인 경우도 많았다. 허균은 자신이 누리는 신분의 특권을 애써 넘어서려 했고, 신분의 족쇄에 갇힌 현능한 인재들을 애틋하게 여겼다. 서얼금고법이란 틀은 확 뒤집어엎어야 할 대상이었다. 신분혁명을 꿈꾼 것이다. 기득권을 즐기던 양반 적자들은 그런 허균을 "타고난 괴물(天生一怪物)"이라며 경원(敬遠) 했지만 실상 유학의 원뜻은 허균 편이다.

공자 맹자 출처:국제신문

유학의 시조 공자의 사상은 도덕적 평등주의와 개방적 계층관에 기반 한다. 공자는 기왕에 신분을 지칭하던 군자를 성취의 개념으로 전환한 신분 혁명가다. 대부분의 보통사람은 다 도덕적 성취 가능성을 갖고 태어난다. 후천적으로 덕성과 능력을 키우면 누구나 군자가 될 수 있다. 군자에서 더 수양하면 성인도 될 수 있는 것이다.

군자는 타고나는 게 아니라 후천적 노력으로 결정된다는 주장은 사람을 발분망식(發憤忘食)하게 만드는 기막힌 자극이다. 왕후장상의 자제라도 자기 수양에 게을러 망나니 짓 하면 소인이고, 평범한 농부의 자제라도 각고면려하여 도덕적 성취를 이루면 군자다. 가르침에는 차별이 없다는 유교무류(有敎無類)도 그런 의미이고, 요순선양설도 그런 맥락이다. 요임금은 순에게 왕위를 선양하는데, 둘은 아무런 혈연관계가 없다. 요가 순의 가능성을 보고 수십 년 동안 여러 관직을 주고 훈련시켜 능력과 품성을 확인한 다음 생전에 평화적으로 권력을 이양했다. 성취 가능성을 격려하려고 요순선양이란 정치신화까지 만든 공자의 입장에 보면 허균이 백번 옳은 것이다.

역사는 번듯한 산맥을 기록하지만, 문학은 잊혀지거나 소홀하게 취급되던 골짜기의 사연을 그리는 것이란 나림의 기록문학 철학은 『허균』에서 그 한 절정을 보인다. 역사의 비정함을 보상하는 것이 문학이다. 문학은 현실에서 해소되지 않은 딜레마를 기록하는 것이다. 나림은 역사를 불신하고 현실에 분노했다. 역사는 후세인(後世人)의 선택적 기록일 뿐이다. 역사는 숲이다. 역사는 탁류다. 사람도 탁류다. 그러니 역사가가 아니라 시인이 되어야 하는 것이다. 허균의 정열과 허망은 처절한 권력 다툼이란 현실에서는 초라한 실패였으나 그래도 『홍길동전』이란 '허균 후기'에서는 생명력을 발휘한다. 홍길동은 병조판서도 되고 율도국의 왕도 된다. 『홍길동전』은 도연명이 '도화원기'에서 묘사한 무릉도원의 변주다. 산에는 도적이 없고 길에 물건이 떨어져 있어도 누가 집어가지 않는다. 신분의 차별이 없고 폭압적인 정부도 없는 이상향이다.

나림은 "허균은 패자(敗者)조차 아니다."라며 서투른 혁명의 실패를 당연시 한다. 하지만 당대에 좌절했을 뿐 아니라 조선조 내내 신원(伸寃)되지 못 할 정도로 철저하게 실패한 그를 "허무주의에서 꽃필 수 있는 건 오직 예술 뿐이다."라며 예술가로서 높이 평가해준다. 탁류인 역사와 인생에서 할 수 있는 건 시인이 되는 일뿐이다. 문학은 제도의 속박을 넘어야만 꿈꿀 수 있는 것이다.

허균처럼 난세에 비범함을 숨기지 않고 양껏 드러내며 산 끝은 어떨까. 오만과 자유를 고수하려면 목숨을 대가로 지불할 수밖에 없다.

여기서 의문점이 하나 있다. 반역을 도모하고 자유지상

을 외치는 인사가 왜 대관이 되어 체제가 주는 단물을 즐겼을까? 허균의 답은 간단하다. 대은(大隱)은 시은(市隱)이기 때문이다. "크게 숨으려면 조정에 숨는다(大隱隱於朝)"가 바로 그 뜻이다. 허균은 형조판서를 거쳐 좌참찬 벼슬을 했다. 워낙 탁발한 천재에다 동인의 영수였던 부친 허엽과 형 허성의 후광이 있었고 광해군의 세자 시절 스승을 한 덕도 있지만, 그의 신분 혁명을 후원하는 강변칠우 등 서얼들의 지지에 부응하기 위한 전략적 의도도 있었다.

허균을 추앙했던 강변칠우(江邊七友)는 죽림칠현을 흉내 냈다. 허균을 정신적 지주이자 혁명의 두령으로 모셨던 박응서 서양갑 심우영 등은 한강변의 무륜정(無倫亭)에 모여 불우를 시주(詩酒)로 풀며 새 세상을 꿈꿨다. 경직되고 위선적인 윤리를 깡그리 무시하자는 뜻에서 무륜이었다. 이들의 불우는 서얼 차별이었고, 연명으로 상소했지만 임금은 허용하지 않았다. 박응서는 영의정 박순의 서자이고, 심우영은 관찰사 심전의 자제이나 출사의 길은 꽉 막혀 있었다. 물론 서얼도 잡과(雜科)에 응시해 기술직을 맡을 수는 있었다. 다만 스칼라의 세상에서 호방한 시를 짓는 문인 강변칠우가 잡직에 들 수는 없었다.

중국 아나키스트의 한 계보인 위진시대의 죽림칠현은

허접한 정치 탓에 불우하긴 했으나 출사는 할 수 있었다. 산도와 왕융 그리고 완적이 벼슬을 했다. 애주가 완적의 경우는 맛난 술을 마시기 위해 최고의 술도가가 납품하는 부서인 보병의 교위를 자청했다. 신동으로 소문났던 죽림칠현의 막내 왕융은 정승까지 지내며 평생 부귀와 영화를 모두 누렸다. 산도도 이름난 고관이었다. 나름 제각각 출사의 이유가 있지만 아무튼 은둔의 대명사 죽림칠현이 모두 야인은 아니었다.

죽림칠현은 포경언 만큼 급진적이지는 않아도 생활에서 아나키즘을 실천한 인물들이다. 흔히 세상이 어지러우면 아주 상반되는 두 가지 사상적 흐름이 생긴다. 하나는 사해동포주의 즉 세계주의이고, 다른 하나는 극단적 개인주의다. 전국시대의 묵자와 양주가 한 예다. 묵자의 차별 없는 사랑 겸애(兼愛)가 세계주의라면, 양주의 "일모불발(一毛不拔)"은 인권선언이자 개인주의이다. 위진시대 또한 바로 그런 시대다. 다만 위진시대는 난세였지만 풍류 시대이기도 했다. 아비규환의 난세였고 힘이 발언하는 시대였으나 한편으론 낭만이 철철 넘치는 시대이기도 했다. 그 모순이 『연의 삼국지』에서 그려지고 있고, 그래서 그 소설이 흥미진진한 것이다.

묵자   자라투스트라

다비드 '소크라테스의 죽음'

어느 시대나 그 시대만의 특징이 있다. 이를테면, 춘추전국시대는 축의 시대였다. 창의적인 대 사상가들이 한꺼번에 등장한 시대로 지식의 대폭발 시대라고 명명할 수도 있다. 칼 야스퍼스의 용어로 하자면 기축시대(Axial Age)

다. 기원전 8세기부터 기원전 2세기까지 전 세계적으로 지적 대폭발이 일어나 인류 문명의 기축(基軸)이 형성되었다는 뜻이다. 이 시기에 상호교류나 연관 없이 중국에선 공자 맹자 노자 장자 묵자 등이 자유롭게 주장을 펼치고, 페르시아에선 자라투스트라, 유대에선 이사야와 예레미야 같은 선지자들, 인도에선 석가모니, 그리스에선 호메로스 소크라테스 플라톤 그리고 투키디데스 등 기라성 같은 사상가 역사가들이 일시에 등장한 것이다. 동시대에 공통적으로 황금률이 정립되고 보편윤리가 구축된다. 시대의 특징으로 말하자면, 위진시대는 풍류시대라 할 수 있다.

위진시대는 현학(玄學)이 성했고, 유미주의가 풍미했으며, 일탈과 탈속을 관대하게 용인하는 분위기였다. 아름다운 외모를 중시하고, 사랑방 담론이 성행했으며, 품인(品人)이 유행했다. 풍류시대에 대표적인 풍류인사이자 죽림칠현의 대표이기도 한 혜강은 학문으로나 인물로나 당대 최고였다. 『세설신어』에는 그의 외모가 특출 나게 수려해 군계지학(群鷄之鶴)이라고 극찬하고 있다. "7척 8촌의 키에 멋스럽기가 용봉(龍鳳)의 자태"라고 했다. 당시의 1척은 23센티미터이니, 180센티미터의 훤칠한 키에 의젓하고 핸섬했다는 뜻이다. 그의 저술 『양생론』은 문장

이 장려(壯麗)하고 내용이 심오해 신인(神人)의 글이란 찬
사를 받았다.

　오연하고 고고하게 끝내 출사를 거절하며 당대의 실력
자 종회를 모욕했던 혜강은 마흔에 처형된다. 종회는 묵
은 명문가 태생에 자질도 뛰어나 젊어서부터 명성이 자자
했다. 사마의의 지우까지 얻어 정치적으로나 학문적으로
나 당대 최고 명사였다. 하지만 혜강의 학문에는 못 미쳤
다. 혜강 죽음의 직접 이유는 종회의 질투다. 하지만 그보
다 더 깊은 이유가 있다. 바로 자존감이다. 범용한 임금
밑에서 허접한 관직으로 전전긍긍하느니 목숨으로 자유
로운 의지와 독립적인 인격을 바꾼 것이다.

　허균도 조정과 재야를 반복한다. 이런저런 이유로 유배
를 가도 오뚝이처럼 재기한다. 좀 더 나은 세상을 향한 열
정으로 뜻은 맞지 않지만 당대 최고의 실력자 이이첨과
정치적 거래도 마다 않는다. 현실적으로 차마 실현하지
못하는 이상은 소설을 써서라도 다듬는다. 하지만 그의
자유지향과 탁발한 개성은 시대를 이겨내지 못한다. "진
실의 구슬을 가슴에 지니고 그것을 세상에 펴 보이지 못
하는 초조함에 교만하고 견개(狷介) 했으나" 결국 허망의
정열이었다. 과연 "역사처럼 센티멘털하고 비정한 것도
없다."

다만 허균의 비범함과 탈속함이 아무리 대단하고 그의 체제 반역적 구상이 아무리 정교해도 끝내 미덥지 못한 건 무엇 때문일까. 재승박덕 탓인가. 아니면 스케일의 한계인가. 그래도 나림이니까 4백 년의 시간을 격해서라도 허균의 시심(詩心)을 다시 살려낸 것이 아닐까 싶다.

나림의 허균 평가, 결론은 이렇다. "인생엔 성공도 실패도 없다. 일을 했다 안 했다가 있을 뿐이다. 뭔가를 이루려 애써 몸부림치는 일, 결과보다 그게 소중하다."

8. 이병주와 장자의 만남

　나림의 아나키즘은 『장자에게 길을 묻다』에서 절정에
이르렀다가 대미를 장식한다. 장자는 워낙 큰 사람이다.
한번 울음에 천하가 떨고 한번 날개 짓에 수천 리를 날아
가는 붕(鵬)과 같은 인물이다. 삶의 태도에 거침이 없고,
귀천이나 미추 또는 시비에 구애받지 않는다. 자유인의
전형이다.

　나림이 장자를 선택한 이유는 두 가지가 아닌가 싶다.
우선 장자는 정감이 넘치는 인물이기 때문이고, 다음 담
담하게 소요유했기 때문이다. 나림은 장자에 사로잡힌 이
유를 "그 상상력의 비견할 수 없는 장대함에 있다"고 했
다. "사상은 언제나 그 인간의 실재보다 지나치게 크든지
작든지 하는 게 보통이니" 나림 나름대로 상상력을 발휘
하여 장자의 상(像)을 그려 본 것이다. 기왕에 장자의 상
상력과 나림의 상상력이 만나는 대목이니 "황당이 다소
지나쳤을지 모르나 죄스럽지는 않다"고 토로한다. 과연
나림의 장자 상 그리기는 탁발하다. 발칙하다고 할 수 있
을 정도로 독특하다.

'호접몽' 출처:국제신문

'호접몽'

먼저, 장자는 어떤 사람이었을까. 정취가 있는 따뜻한 인물이었다. 나림은 장자의 진실함과 자유로움을 말하기 앞서 "엉뚱한 사람" 또는 "슬픈 사람"이라는 표현으로 넉넉한 인간성을 묘사한 바 있다. 사람 관계에서 잡을손이 없는 태도를 두고 "그는 비정한 사람이었다."고 하지만 다분히 위악(僞惡)이다. 담백하고 소탈하며 심지어는 장난스럽기까지 한 장자의 모습을 나림은 상상력을 양껏 발휘해 그렸다. "가끔 찾아가서 어리광을 부려볼만한 친구"로 여겼다.

장자는 다른 제자백가와는 확실히 차이가 난다. 심지어는 같은 도가인 노자와도 다르다. 성격의 냉열(冷熱)과 사람의 크기 두 가지로 비교해 볼 수 있다.

우선, 사람의 성격을 냉열 즉 차갑고 뜨겁고로 나눈다면 제자백가의 인물들 중 가장 차갑고 건조한 사람은 한비자와 노자이고 가장 뜨거운 사람은 묵자와 맹자다. 냉열의 가운데가 있다면, 공자는 중간에서 뜨거운 쪽이고 순자는 가운데서 건조하고 차가운 쪽이다.

장자는 노자나 한비처럼 냉정하지는 않지만, 반전평화에 목숨을 건 묵자나 정의감에 불타 폭군방벌을 외친 맹자처럼 뜨겁지도 않다. 장자의 행적을 보면 정이 두터운 사람임이 분명하다. 정이 깊으면 깊을수록 외롭다. 나림이 표현한 엉뚱하고 슬픈 사람인 것이다. 나림이 노자가 아닌 장자를 선택한 이유가 바로 그 뜨듯한 인간성에 있는 것이고, "장자가 인간성에 통달했기 때문"이다. 노자는 논리적이고 냉정하다. 장자는 정서적이고 따듯하다. 노자는 "천지불인(天地不仁)"이라고 했다. 하늘과 땅 즉 자연은 아무런 의지가 없다는 말이다. 자연이 누가 예뻐서 시절에 맞게 비를 뿌리고 누가 미워서 천둥 번개가 요란한 게 아니다. 요절한 귀재(鬼才) 이하(李賀)는 "만일 하늘에 정이 있다면 하늘도 늙을 것이다"라고 읊었는데 역시 그런 맥락이다. 장자는 그렇게 각박한 투로 말하진 않는다.

언어도단(言語道斷) 상황 즉 말의 길이 끊어진 대목에서 노자는 정언약반(正言若反)의 방식을 선택했고 장자는 우언(寓言)의 방식을 활용했다. 정언약반은 역 방향 사유 즉 거꾸로 뒤집어서 생각하고 말하기다. 우언이란 짧은 이야기로 풍자하고 은유하는 것이다. 두 가지 의미가 있다. 먼저, 세상이 너무 망가져 무어라 구세의 사상을 제시할 형편이 아니다. 세상을 구제할 처방도 없고 구제할 가능성도 없다. 구제불능의 세상에서 뭐라도 말해야 한다면 달리 방법이 없는 것이다. 다음, 노자와 장자는 언어의 열등성을 진지하게 인식하고 있었다. 고정적인 본질을 가진 언어로 역동적인 본질의 존재를 말하는 것 자체가 요령부득 작업이란 사실을 실감했다. 그래서 노자는 대변약눌(大辯若訥), 대교약졸(大巧若拙), 대치무치(大治無治)와 같은 정언약반으로, 장자는 혼돈, 백락, 도척(盜跖), 포정해우(庖丁解牛) 같은 우언으로 뜻을 표명한 것이다.

노자

『노자』와 『장자』는 모두 지혜의 책이지만 굳이 노자와 장자의 차이점을 찾자면, 노자는 논리로 읽고 장자는 느낌으로 읽는 책이란 생각이다. 노자에게서는 지혜의 지를 배우고 장자에게서는 지혜의 혜를 배운다고 할 수도 있다. 지와 혜는 지혜로 함께 쓰지만 미세한 차이가 있다. 지가 교육을 통해 배울 수 있고 사회적으로 전습되는 것이라면, 혜는 배우는 것만으로는 안 되는 천부적인 자질 내지는 기질을 기반으로 깨닫는 것이라 할 수 있다. 사물을 꿰뚫어보는 안목인 혜안이나 삿됨 없이 맑은 마음인 혜심은 배움만으론 안 된다. 논리적 배움이나 추리적 이해를 넘어선 깨달음이란 게 있다면, 장자는 그런 혜심(慧心)이나 혜성(慧性)에 이르렀다. 바로 지인(至人) 또는 진인(眞人)의 경지다. "천하의 비리(祕理)를 아는 사람이라면 한 자락 정에 감동하지 않을 수 없다"고 믿는 나림은 확실히 노자보다 장자 취향이다. 나림은 장자의 진인 지인 사상은 니체의 초인(超人) 사상과 상통한다고 했다. 신은 죽었고, 초인이 있을 뿐이다.

같은 아나키즘이라도 노자는 정치에 대한 의견이 상당하다. 백성의 자치와 군주의 무위로 요약되는 정치사상도 요령 있게 설명하고 있고, 소국과민(小國寡民)이란 이상국가론도 있다. "가장 좋은 정치는 임금이 있는지도 모르는 것이고, 그 다음 좋은 정치는 임금을 친근하게 여기는 것이며, 그 다음은 두려워 하는 것, 가장 나쁜 정치는 백성이 임금을 욕되게 여기는 것이다." 라는 식의 군주론도 있다. 무위이치 하는 최상의 통치자, 이 대목을 한비자는 예방 통치로 해석했다. 편작 같은 신의(神醫)는 병을 미리 견미(見微) 하여 치유한다는 예를 들어 노자가 주장한 무위정치는 표 나지 않게 할 일을 다 하는 예방적 통치라고 한 것이다. 그런 의미에서 『노자』는 제왕학이라고 할 수 있다.

『장자』는 『노자』에 비해 훨씬 비정치적이다. 어떤 주장이 정치사상이 되려면 정치적 주제들 이를테면 권력 정의 혁명 등에 대한 논리적인 의견이 있어야 한다. 하지만 장자는 그런 주제들을 애써 외면한다. 장자의 관심사는 일차적으로 살아있음 내지는 살아감이고 그 다음은 자유로움이다. 생존과 자유 이외의 정치적 문제에 대해 적극적으로 말하지 않았다. 그나마도 우언의 방식으로 진의를 표현하고 있을 따름이다.

장자에게 정치는 시시비비를 따지는 사소한 일이다. 세상이 시비가 많은 이유는 성심(成心) 탓이다. 성심이란 각자가 이룬 마음을 자신의 스승으로 삼는 일이다. 모두가 제각각 생각과 이념에 빠져 그렇게 만들어진 마음 즉 성심을 자신의 스승으로 오로지 삼으니 시비가 그치지 않는 것이다. 이를테면 "오늘 월나라로 떠났는데 어제 도착했다."는 식이다. 있지도 않은 일 있을 수도 없는 일을 무슨 대단한 주장이라도 되는 듯 우기는 것이다. 과잉된 언어로 자신의 성심을 고집하는 것 때문에 시비가 그치지 않는다.

이런 궤변의 명수가 혜시다. 혜시는 언어와 존재의 관계를 규명하려 한 명가(名家)의 대표적 사상가다. "지극히 큰 것은 바깥이 없고, 지극히 작은 것은 안이 없다." 거나, "개는 양이 될 수 있다."는 궤변은 상당한 여운이 있다. 나림은 혜시가 한 사상가이자 위나라의 재상으로 맹자와 장자의 대 토론회를 주재하는 장면을 연출하기도 하는데, 기발한 상상이다. 혜시는 『장자』에 20번 이상 등장하는 장자의 고향 친구다. 두 사람은 다리 난간에 서서 물고기를 내려다보며 티격태격하는 등 이런 저런 논쟁을 하고, 혜시가 장자를 라이벌로 여겨 경계하기도 하지만, 교학상장(教學相長) 하는 익우(益友)였다. 잘 난 사람은 외롭다. 지향이 다소 달라도 고담준론을 나눌 수 있는 동무가 가까이 있다면 고마운 일이다.

장자와 혜시의 국제관계 논쟁이 특히 흥미롭다. 전국시대는 세력균형론과 지정학(地政學)이 성행하던 시대다. 혜시는 연횡을 주장하는 장의에 맞서 합종을 주장했다. 장자는 세치 혀로 세상을 재단하는 큰 사기꾼들의 농단을 와우각쟁(蝸牛角爭)이란 우화로 비판한다. 와우는 달팽이다. 달팽이 뿔 위에서 두 나라가 사생결단으로 싸운다. 왼

쪽 뿔은 촉씨 나라이고 오른쪽 뿔은 만씨 나라인데 전상자가 수만이 발생하고 패주하는 적을 보름이나 쫓아가 섬멸했다. 치열하기가 말로 다할 수 없지만, 사람의 시각으로 달팽이 뿔 위의 싸움을 보면 어떻겠는가. 같은 맥락으로 땅 늘리겠다고 주야장천 겸병(兼倂) 전쟁하는 전국시대(戰國時代)를 우주의 시각으로 보면 또 무슨 대수이겠는가.

다음, 사람의 크기로 말하면 장자는 기질과 성향은 달라도 공자와 비견할 수 있다. 첫째, 천재가 대재가 된 경우란 의미에서 비슷하다. 둘째, 시대와 불화하더라도 끝내 소신을 지킨 특 A급 인물이란 면에서도 아주 근사하다.

천재는 타고나는 자질이다. 『논어』의 표현으로 상지(上知)에 해당하는 극소수의 인물이다. 천재로 태어나기도 힘들지만 천재가 대재가 되기는 더 어렵다. 곳곳에 유혹과 함정이 도사라는 세상에서 천재가 재능을 상하지 않고 절차탁마하며 계속 성장하기가 어려운 것이다. 공자는 일흔에 자신의 인생을 회고하며 "나는 일찍이 열다섯에 학문에 뜻을 세우고 정진하여 서른에 홀로 섰다. 서른에 자립할 수 있었기 때문에 마흔에 유혹에 흔들리지 않았고, 쉰에 하늘의 뜻을 알았으며, 예순에 무슨 말이든 다 들어

줄 수 있게 됐고, 일흔에는 마음이 하자는 대로 해도 경우에 어긋나지 않게 되었다."라고 말했다. 대단한 정진이고 성취다. 나림은 『장자에게 길을 묻다』에서 장자 또한 여러 곡절과 인연을 겪으며 대재가 되어감을 묘사하고 있다. 난세에 천재는 자신을 보전하는 것만으로도 충분히 위대하다.

인재는 여러 급(級)이다. 권력에 아부하는 인재는 B급이다. 시대에 영합하는 인재는 A급이다. 특 A급도 있다. 권력이란 외물(外物)에 초연하고, 시대와 불화하더라도 믿는 바를 견지하는 은근한 자신감을 가진 사람이다. 매우 귀한 경우다.

장자는 나비의 꿈 호접몽을 꿀 수 있을 만큼 상상력이 풍부하고, 권력을 신구(神龜)나 제사용 소에 비유하며 거절할 정도로 유머감각이 뛰어나다. 친구 혜시가 혹시나 자신의 재상 자리를 노리나 의심해서 라이벌로 경계하자 원추(봉황)와 올빼미의 비유로 점잖게 넛지(Nudge) 하는 대목은 압권이다. 봉황이 올빼미 먹이에 관심이 있을 까닭이 없다. 숱한 우화와 은유는 또 어떤가. 모두 장자의 유머감과 담백함 그리고 폭 넓은 공감대를 보여주고 있다.

장자의 위대함은 세상을 구제하려 애쓰는 대신 누구 눈

치도 보지 않고 자신의 방식대로 살았다는 사실에 있다. 장자에게 가장 중요한 것은 생명 즉 살아있음이었고, 가장 가치 있는 것은 자유였다. 그 가장 기본이 되는 것들을 제외한 나머지에 대해선 담담했을 뿐이다. 끝도 나지 않을 시시비비 가리기 다툼을 하기엔 삶이 너무 아깝다는 것이다. 본성에 따라 자연스럽게 사는 게 전부였다. 나림은 "살아간다는 것, 그것이 장자의 결의였다. 인간이 어떻게 하면 부자유한 현실 속에서 자유로운 자기를 유지할 수 있을까를 해명한 것이 장자 사상이다."라고 정리했다.

제자백가는 세상다움을 위한 고뇌의 결과다. 세상이 세상다워지려면 지도자가 역할을 다해야 하고, 그 지도자를 중심으로 정치다움이 실현되어야 한다. 앞서거니 뒤서거니 하지만 결국 그건 사람다움과 통하는 것이다. 강조점을 어디에 두든 결국 사람다움에서 시작하여 세상다움으로 이르는 구상이다. 그 과정에서 지도자다움과 정치다움이 성패를 결정한다.

그런 세상을 구하겠다는 의지와 태도는 '그럼에도 불구하고'의 정신으로 현실에 발을 딛고 전전긍긍하던 공자나, 얼굴이 볕에 타서 까맣게 되고 다리털이 남아나지 않을 정도로 부지런히 현장에서 뛰었던 묵자 그리고 상선약수(上善若水)의 지혜와 소국과민의 구상을 피력했던 노자 모두 마찬가지다. 현실 정치에 거는 기대가 얼마나 소극적인가 적극적인가 하는 차이가 있을 뿐 세상을 구하려는 노력과 구상만큼은 다 같다.

유독 장자만 다르다. 장자의 주장은 한마디로 무정치다. 세상을 구하지 말아야 구할 수 있는 것이다. 인간은 결국 자기실현인데 자기 문제도 제대로 처리하지 못하는 주제에 남의 문제 세상의 문제를 처리하겠다고 나서니 세상이 시끄러운 것이다. 정치에 목숨을 걸고 또 정치 때문에 목숨을 구하기도 잃기도 하는 게 일상이지만, 그런 것들에서 탈속할 수 있는 것도 인생 아니겠는가. 본질과 맥락을 중시하는 장자에게 정치는 무의미한 놀음이었을 뿐이니 정치다움이나 지도자다움에 대해 담담했던 것이다.

「허상과 장미」1978

『허상과 장미』엔 아나키스트 독립지사 형산의 아나키즘 해설 대목이 있다. "모든 기존 질서 가치 체계를 무가치한 것으로 본다. 무질서 무가치주의다. 하지만 무질서 무가치를 숭상하는 것은 아니다." 형산은 장자를 숙독하고 체회한 것이다. 탈이념주의자 나림 다운 해설이기도 하다.

정치사상의 불모성을 체회(體會)한 장자는 "장천하어천하(藏天下於天下)"라 했다. 천하는 천하에 두면 된다. 흥망과 성패 그리고 시비 모두 천하의 현상이거늘, 천하의 일은 천하에 맡겨버리면 그만이다. 그리고 생명을 사랑하고 자유를 즐기면 족한 것이다. 바로 소요유다.

나림은 장자가 정치를 무화(無化)한 건 "정치란 한마디로 남의 마음을 내 마음처럼 쓰려는 수작"이기 때문이라고 말한다. 무어라 포장하든 정치의 본질은 나의 뜻을 남에게 강제하는 폭력이다. 남의 마음을 내 맘처럼 갖다 써서는 안 된다는 나림의 신념은 『장자에게 길을 묻다』 제6장의 장자와 맹자의 대 토론회에서 선명하게 드러난다. 그 가상의 토론은 나림의 정치사상을 압축한 대목이다. 그 책의 후기 두 구절이 장자의 결론이다. "너의 자유는 너 자신이 창출하라." "자유란 장자에게 있어선 각자의 자기가 각자의 자기로서 각각 자기의 직면하는 극한 상황을 살아간다는 뜻이다."

　나림은 "언젠가 짬이 있으면 나는 장자를 도스토옙스키와 마르크스와 사르트르를 청한 자리에 같이 초대해 놓고 플라톤의 『향연』을 닮은 향연을 베풀어볼 작정이다." 라고 했다. 하지만 그 호언은 유언이 되고 말았다. 그 기막힌 향연은 후학들에게 남긴 선물이자 숙제다. 그 기획을 후학들이 실행해야 하는데, 적어도 당대엔 어렵겠다. 문인 작가들은 차마 인정하고 싶지 않겠지만 나 같은 독자의 눈엔 나림에 방불할 작가는 아직 전혀 보이지 않는다. 나림이 불세출(不世出)의 작가인 이유는 그런 의지를 갖고 그걸 실행할 역량을 가진 한 세기에 하나 날까말까 한 대문호이기 때문이다. 나림이 갈수록 그리운 건 더는 그처럼 박력 있고 공력 있는 글을 만날 수 없는 탓이다. 그래도 후생가외(後生可畏)를 믿어야 하는 것일까.

9. 나림이 가상한 장자와 맹자의 대토론회

나림 이병주는 『장자에게 길을 묻다』에서 장자와 맹자를 만나게 했다. 위 혜왕이 구국과 구세의 묘책을 얻고자 주재한 대 토론회다. 재상 혜시가 사회를 보고 만당의 관객이 집중했다.

맹자, 장자

물론 가상이다. 역사 책 어디에도 맹자와 장자의 토론 기록은 없다. 연보(年譜)을 꼼꼼하게 따지는 학자들은 식겁할 일이지만 나림은 천지개벽 이래 모든 대소사가 다 기록되어 있느냐며 반문한다. 세상엔 기록된 사건보다 기록되지 않은 사건이 훨씬 더 많고 역사는 후대 사람의 선택적 기억이라는 상식을 말하고, 대량(大梁)에서 기원전 333년에 맹자와 장자가 공개 토론했음을 증명하는 전거들을 들기도 한다. 도전적인 주장이다. 장자의 상상력을 닮은 나림의 상상력은 얼마든지 토론회를 가상할 수 있다. 작가만의 특권이다. 대 자유인 장자와 대장부 맹자를 한 자리에 모셔 토론의 향연을 베푸는 건 독자에겐 불감청고소원일 따름이다.

굴원BC340~BC278

나림은 책 서두에 굴원이 초왕의 사신으로 장자를 찾아왔다고도 가상한다. 초왕의 초청을 장자는 신구(神龜)의 예를 들어 거절한다. 초나라가 신주처럼 모시는 3천 년 된 거북이 죽어 비단상자에 귀하게 싸여 있기를 바라겠는가 아니면 살아 진흙 속에서 꼬리를 끌고 다니기를 바라겠는가 하고 묻는다. 「추수」편의 기록이다. 다만 그 사신이 누구였는지는 알 길이 없고, 그 대목에서 나림은 굴원을 등장시키는 것이다. 정치에서 뜻을 펴다 실각하고 결국 정치에서의 좌절로 멱라수에 투신하는 굴원을 애써 불러 대혹자(大惑者)로 치부한다.

장자가 보기에 굴원은 남에게 쓰일 사람이 아닌 큰 그릇이다. 그런 골기(骨氣)의 인물이 정치란 난장(亂場)에서 허우적대다 아랫것들의 참소와 암군(暗君)의 외면에 실의하여 "거세개취아독성(擧世皆醉我獨醒), 거세개탁아독청(擧世皆濁我獨淸)"을 외며 허망해 하는 것을 안타까워했다.

온 세상이 다 취해 널브러졌는데 혼자만 정신이 말똥말똥하고, 온 세상이 다 혼탁하기 그지없는데 나 혼자 맑으니 외롭고 허탈할 수밖에 없다. 그럼에도 미련을 버리지 못하고 이제나저제나 하니 평생 헤어나지 못하는 대혹자인 것이다.

정치란 난장이다. 혼탁하고 거친 공간이다. 정치 근육

이 있어야 버티는 험한 공간이다. 후흑(厚黑)을 익히지 않으면 안 된다. 후는 얼굴이 두껍다 즉 뻔뻔함이고, 흑은 마음이 검다 즉 음흉함이다. 그러니 굴원처럼 맑은 사람 순한 사람은 못 버티는 것이다. 뻣뻣하고 곧은 사람, 나홀로 일어나 아니라고 말하는 사람이 대성할 수 있는 현장이 아니다. 그런데도 혹시나 하고 임금의 부름을 다시 기다리는 굴원은 미혹에 빠진 혹자인 것이다.

나림은 순우곤도 장자를 찾아오게 한다. 순우곤은 당대 최고의 아카데미인 직하(稷下)의 대표 학자이자 골계(滑稽)의 명수였다. 순우곤은 "사람의 본성은 착하지도 않고 나쁘지도 않고 우스꽝스럽다"고 생각하는 인물이다. 은유와 비유의 대가인 장자와 유머·풍자의 고수인 순우곤이 만나면 어떨까 하는 상상을 나림은 시연해 보인다. 순우곤이 직하에 장자를 초청해 천하제일을 뽐내는 자들의 몽(蒙)을 틔어보고 싶다고 하자 장자는 "무지한 사람의 몽은 틔울 수 있지만 설익은 지식을 뽐내는 자의 몽은 틔우기 어렵다"고 답한다. "천지간에 절대미란 없으며, 학문은 세력이 아니라 진실"이라고도 한다.

"상상은 간접화한 현실"이다. "작가는 광범위한 면책특권을 누려야 한다."고 나림은 주장한다. "역사는 사실과 신화의 착종(錯綜)"이니 기록 자체에 지나치게 얽매일 필요는 없는 것이다. 실록적 성격과 허구적 성격을 동시에 갖는 것이 역사 소설이다. 허구적 사실과 사실적 허구가 적절히 뒤섞여 있는 것이다. 나림의 문학에서 이런 문학적 가정의 의미는 "나의 문제를 역사적 방법으로 취급한다."는 뜻이다.

사실과 신화의 착종을 가장 잘 활용한 소설, 실록의 성격과 허구의 성격을 가장 잘 조합한 소설, 허구적 사실과 사실적 허구를 가장 잘 버무려놓은 소설이 바로 『연의 삼국지』다. 청대의 역사학자 장학성은 소설 삼국지를 "칠실삼허(七實三虛)"라고 했다. 70%는 사실(史實)이고, 30%는 작가의 상상력이 발휘된 허구라는 뜻이다.

작가의 상상력이 가장 빛나는 대목은 적벽대전이다. 정사 『삼국지』엔 단 세 줄로 소략하게 기록하고 있다. "조조군이 전염병과 화재로 물러났다."는 내용이다. 하지만 연의에선 120회 중 8회를 할애해 엄청난 전쟁으로 묘사하고 있다. 왜냐하면 그 전쟁의 결과로 삼국정립(三國鼎立)이 이루어지기 때문이다. 그래야 연의에서 이야기하고 싶은 꿈을 그릴 수 있는 것이다. 적벽대전의 최대 승자는 주유다. 하지만 일등 공로자 주유는 조연으로 밀려난다. 대신 당시에 출전조차 하지 않은 관우를 등장시켜 도주하는 조조와 화용도에서 마주쳐 은혜를 갚게 한다. 제갈공명이

하룻밤에 10만개 화살촉을 구해오며, 심지어 도사 복장을 하고 칠일 밤낮을 기도한 결과 동남풍을 불어와 화공에 성공하는 장면도 있다. '삼허'의 압권이다.

『연의 삼국지』에는 나관중의 꿈이 담겨 있다. 첫째, 성군(聖君)의 꿈이다. 인자하고 지혜로우며 사심 없는 요순 같은 임금에 대한 기대다. 그 기대를 유비에게 의탁했다. 둘째, 청관(淸官)의 꿈이다. 청렴하고 공정하며 유능한 관리를 바라는 마음이다. 제갈공명이 롤 모델이다. 셋째, 협객의 꿈이다. 성군과 청관을 기대하기 어렵다면 현실에서 누군가가 눈앞에 나타나 불의에 맞서 의협심을 발휘해주길 바라는 마음이다. 바로 관우다. 정사(正史)와 달리 연의에선 촉나라가 정통인 이유다. 여러모로 모자라면서도 꿈을 이루려 치열하게 애쓰는 촉나라의 주인공들이 애닯은 것이다.

삼국정립이라고 하지만 사실 위 오 촉의 국력은 비교가 안 된다. 촉을 아주 넉넉하게 평가해도 세 나라의 국력은 6대 2대 1 정도다. 기우뚱한 균형이란 표현도 사치스러울 정도의 차이다. 그럼에도 서쪽에 치우친 최약체 촉에게 꿈을 싣는 그 지독한 허구와 상상력에 독자들은 격하게 감동하는 것이다. 나림도 그 삼국지를 번역했다.

사마천도 놓친 장자와 굴원의 평행선을 그리는 만남 그

리고 장자와 순우곤의 유쾌한 만남을 근사하게 묘사한 '이사마' 나림은 이제 장자와 맹자를 단 위에 올려놓는다. 토론 이슈는 크게 두 가지다. 첫째는 맹자의 도덕과 장자의 자유이고, 둘째, 맹자의 왕도정치와 장자의 무정치다.

먼저 연장자인 맹자가 사람의 선한 단초인 사단(四端)과 그것을 배양하고 확충하는 것에 대해 열변을 토한다. 맹자는 호연지기를 기른 통이 크고 기가 센 대장부다. 정치 컨설팅을 위해 초청해준 임금을 면박주고, 제대로 된 임금이 아니면 벌(伐) 하고 주(誅) 해도 된다고 주장하는 패기 넘치는 사상가다. 장자도 맹자의 사상엔 동조하지 않았지만 열정과 집념만큼은 인정한다. 대장부란 "천하에서 가장 넓은 곳에 살며, 천하에서 가장 바른 자리에 서서, 천하에서 가장 큰 길을 걷는 사람이다." 대장부는 뜻을 얻으면 즉 정치에 참여할 기회를 갖게 되면 백성을 위한다. 그러나 뜻을 얻지 못한다 해도 혼자나마 바른 길을 저버리지 않는다. 부귀에도 헷갈리지 않고 빈곤에도 동요하지 않으며 위무(威武)에도 굴복하지 않는 사람이 곧 대장부다.

鄒國亞聖公 孟軻

맹자BC372~BC289

맹자는 도덕이야말로 사람을 사람답게 하는 것이라며, 반구제기(反求諸己)를 통해 사단을 꾸준히 확충하면 누구나 대장부가 될 수 있다고 설파한다. 반구제기란 문제를 자신에게서 찾는 것이다. 반성적인 자세로 늘 스스로를 되돌아보는 것이고, 성찰과 자책을 통해 자신의 양심을 수습하는 것이다. 이를테면, 같이 서서 능력껏 활을 쏘았는데 상대는 잘 맞추었고 나만 못 맞추었다면 나보다 낫게 쏜 상대를 시기하거나 과녁을 원망할 것이 아니라 자신을 반성해 본다는 것이다. 또 어떤 사람이 나에게 터무니없이 못되게 굴면 그 사람의 무례를 탓하기 앞서 내가 뭘 잘못했나 보다 하고 반성한다는 것이다. 이렇게 늘 자기를 되돌아보는 훈련을 통해 인의를 실천해 가는 과정을 확충(擴充)이라고 한다. 확충은 성선(性善)을 주장하는 맹자의 고유명사라고 할 정도로 맹자 사상에선 중요하다. 확충의 노력을 다하는 것이 진심(盡心)이고, 진심의 경지가 최고에 이른 것이 성(聖)이다. 성의 경지에 이른 성인의 통치가 바로 왕도정치다. 그러니 성인군주의 시작은 먼저 반구제기를 통해 사단을 확충해 온 대장부가 되는 것이다.

장자는 도덕이란 둥근 물건을 모난 그릇에 맞춰 고치려는 것이라며, 학의 다리가 길다고 자르고 오리의 다리가 짧다고 늘일 수는 없다고 주장한다. 그리고 도척(盜跖)의 예를 들어 인의도덕이 얼마나 억지스러우며 위선적인가를 말한다. 도척은 도둑계의 지존이다. 졸개들이 도둑으로서의 성공 비결을 묻자 이렇데 답한다. "남의 집 방 안에 깊이 감춰둔 것을 단박에 파악하는 게 성(聖)이고, 남보다 먼저 들어가는 것이 용(勇)이며, 물러날 때 남보다 뒤에 나오는 게 의(義)다. 손에 넣어도 되는지 여부를 아는 게 지(智)이고, 아지트로 돌아와 장물을 고루 나누는 게 인(仁)이다."

두 가지 의미가 있다. 먼저, 도덕은 선한 사람이나 악인 모두에게 적용되는데 현실적으로 악인이 더 잘 활용한다는 뜻이다. 다음, 인의도덕이란 큰 도적이 작은 도적을 강압하기 위한 도구일 뿐이다. 도척마저 운운하는 도덕이라면 오히려 사라져야 인성도 자유로워지고 천하도 태평해진다는 뜻이다.

도덕만이 인간을 만물 중에 귀하게 만든다는 맹자의 주장에 대해서 장자는 백락의 예를 들어 반박한다. "말발굽은 상설(霜雪)을 밟을 수 있고 말의 털은 풍한(風寒)을 막을 수 있다. 풀 먹고 물 마시고 뛰어다는 게 말의 진성(眞性)이다. 그런데 백락이란 자가 나타나 말을 잘 키운다고 자랑하며 말에 낙인을 찍고 털을 자르고 발톱에 철을 두르고는 마사에 가뒀다. 열 마리 중 두세 마리는 그래서 죽었다. 또 훈련이란 명목으로 굶기고 목마르게 하고 매질까지 하니 반수 이상이 죽었다. 세인들은 백락이 말의 명인이라 칭송하지만 터무니없다. 말이 난동부리는 건 다 백락 탓이다." 말다움 뿐 아니라 사람다움도 마찬가지고, 세상다움도 마찬가지다. 성인이란 존재가 나타나 인의예지를 강조하는 바람에 사람들이 서로 의심하여 분열하고 시비하여 다투게 된 것이다. 사람은 본성과 상성(常性)에 따라 소박하고 자유롭게 살도록 두는 게 최상이란 뜻이다. 더욱이 도덕이란 가르쳐 될 일이 아니라 각자 깨달아야 하는 것이다.

장자는 도덕군자들이 선을 강권하는 바람에 악이 창궐하게 되었다고 했다. 유가적 인의도덕이란 거짓 덕이고 사기 치는 덕이다. 그런 것을 내세워 천하를 다스리겠다는 건 "바다를 맨발로 걸어서 건너고, 강물을 맨손으로 파서 길을 내며, 모기 등에 산을 짊어지게 하는 것과 같다."고도 했다. 억지스러운 것 인위적인 것을 내세운 통치는 가만두면 순박하고 즐거운 백성을 성가시게 하고 타락시킬 뿐이며, 사실 성공 가능성도 없다. 구세는 불가하며 불능하다. 천하는 그대로 두는 게 그나마 낫다.

장자는 맹자가 인간 속의 성인을 꿈꾸고 그 꿈을 규범화하려 하고 그 규범에 도취해선 어느덧 규범과 존재의 거리 즉 이상과 현실의 괴리를 망각해버렸다고 비판한다. 맹자의 성현을 절대시하는 관념은 선발된 자의 사상 즉 수재의 사상이며 우등생의 사상일 뿐이다. 현실의 인간을 모두 우등생으로 만들려는 사상은 "총명한 무지"라고도 했다.

나림의 맹자에 대한 견해는 『낙엽』에서도 언급되었듯 다소 부정적이다. "맹자는 싱거운 사람이다."라고 하거나 "엉뚱하게 유식하다"고 평한다. 세상은 그렇게 수월하지 않다. 인생은 도덕의 범위를 넘어선다. 넘치는 인생을 도덕이 어찌 다 감당할 수 있겠느냐는 게 나림의 반문이다. 나림에게 인생은 그것을 규제하려는 테두리를 쉬지 않고 파괴함으로써 자체의 생명력을 유지하는 것이다.

이병주 장편소설

낙엽

이병주 지음

바이북스
ByBooks

「낙엽」 1974

이어지는 이슈는 왕도정치와 무정치다. 맹자는 분업론의 입장에서 정신노동자인 노심자(勞心者)와 육체노동자인 노력자(勞力者)를 구분했다. 그리고 전문가 정치를 강조했다. 대장부의 수양과 능력을 갖춘 사람만 정치의 작업을 할 자격이 있다는 주장이다. 권력의 근거는 설득력이다. "남에게 차마하지 못하는 마음을 가진 성인 군주가 베푸는 남에게 차마하지 못하는 정치"다. 바로 왕도정치다.

장자는 서로가 서로에게 관여할 필요가 없는 세상이 곧 태평성대라고 여겼다. 가장 좋은 관계는 나무꼭대기의 가지와 풀밭의 사슴 차이처럼 아무 상관없이 각자의 생명에 충실하게 지내는 것이다. 게다가 누구도 감히 천하의 흥망에 책임질 수 없다. 그럼에도 누군가가 자신보다 세상을 먼저 구하겠다고 나선다면 또는 사(私)보다 공(公)을 우선하겠다고 왼다면 그건 허위다. 말끝마다 세상을 위한다고 떠들어대는 사람은 그저 허세부리는 자다. 사심이 없다는 것 자체가 사심이다. 대의명분이나 국가를 앞세우는 척하는 위군자(僞君子)는 오히려 소인보다 더 패악이다.

장자는 맹자의 사상을 정치 제일주의 내지는 출세주의로 규정했다. 한번 행차에 여러 대의 수레를 끌고 다니는

호사를 누리고 정치 전문가로 대우받으며 온갖 특권을 즐긴 행태를 비판했다. 말로는 폭군은 방벌해도 된다며 '군경민중(君輕民重)'을 주장해 백성의 입장을 중시하는 듯하지만 실상은 엘리트주의일 뿐이라고 반박한다. 맹자의 왕도정치란 결국 성인 군주가 대장부 관리들과 함께 백성을 이끌어가는 통치다. 장자는 이끈다는 것 즉 치(治) 자체를 문제시했다. 원을 그릴 때 컴퍼스 없어도 되고 사각형 그릴 때 꼭 자가 필요한 것이 아닌데 왜 군이 그 틀로 그리려고 하는가. '혼돈' 우화가 바로 그 틀의 무서움과 이끄는 것의 어이없음 이야기다.

장자는 개인의 존엄이란 성역을 발견했다. 인간의 작위로 성립된 정치와 문화 자체가 인간 본래의 자연스러움에 역행하는 것이다. 인간의 소박함을 은폐하는 허위일 뿐이다. 장자는 생명 있는 무질서를 사랑했다.

나림의 장자 해석은 도전적이다. 쾌활하고 도발적이다. 하지만 본질을 꿰뚫고 있다. 나림은 '사랑스런 장자'를 만들어 낸 것이다.

에필로그

에필로그

이병주 문학과 나

나는 소설을 정독한다. 재독 삼독한 소설도 많다. 내가 소설을 고전 읽듯 진지하고 성실하게 읽는 이유는 두 가지다. 문장과 이야기 때문이다.

우선, 소설을 정독하면 좋은 표현과 적확한 문장을 배울 수 있다. 소설가는 프로페셔널 글쟁이다. 글을 다루는 전문가다. 조사 하나를 선택하는데 밤을 새워 고민한다. 누구보다 언어와 존재 사이의 괴리를 잘 이해하고 있기 때문이다.

셰익스피어도 그런 고뇌가 있었나 보다. 『로미오와 줄리엣』에서 "장미를 장미라고 하지 않고 어떤 다른 이름으로 불러도 장미는 장미다."라고 했다. 장미의 향기는 장미라는 이름과 무관하게 향기롭다는 뜻이다. 역시 말과 글을 다루는 전문가는 다르다. 역동적인 삶을 고정적인 언어로써 억지로 표현하는 문인의 요령부득 심정과 고통이 느껴지는 대목이다.

노자도 소설가는 아니지만 비슷한 경험을 했나 보다.

『노자』첫 구절이 "도를 도라고 하면 이미 보통 말하는 그 도가 아니고, 명(名)을 명이라 하면 그 또한 보통 말하는 그 명이 아니다."이다. 역동적인 존재를 고정적인 언어로 묘사하는 게 못내 양이 차지 않은 것이다. 존재에 대한 언어의 열등성 그리고 본체에 대한 현상의 허구성을 묘사한 기막힌 통찰이 아닐 수 없다. 노자는 결국 거꾸로 말하기 방법을 선택했다. 장자는 그 고민 끝에 우화로 부득이한 심정을 표현했다.

나림도 "언어도단, 심행처멸(言語道斷, 心行處滅)"이란 표현을 자주 썼다. 언어로 차마 표현하지 못하는 곳까지 마음은 간다는 뜻이다. 달리 말하면. 마음 깊은 곳을 어찌 글과 말로 다 표현할 수 있겠는가 라는 뜻이기도 하다. 세상의 끝과 인생의 바닥을 본 사람이 나의 문제를 역사적 방법으로 취급하려니 부득이 문학적 가정을 할 수밖에 없는 것이다.

나림의 문장은 박력이 있다. 표현이 호탕하다. 그리고 서정적 묘사가 아름답다. 간결한 문장에서 철리(哲理)가 느껴진다. 동서고금의 아포리즘이 자연스레 인용되고, 시(詩)가 시의적절 하게 인용된다. 두보의 시 '춘망(春望)'의 첫 구 "국파산하재(國破山河在)"와 조익의 "국가불행시인행(國家不幸詩人幸)"은 여러 소설에서 자주 인용한다. "나

라는 깨어져도 산하는 남았다."는 처량함. "나라가 불행해
야 시인이 행복하다"는 역설. 이보다 더 절실하게 참혹한
나라 현실에 대한 감상(感傷)과 참담한 자신의 심정 사정
을 묘사할 방법이 없는 것이다. "국파산하재"는 센티멘털
리즘이다. 하지만 그 센티멘털리즘마저 없으면 인생엔 탈
피한 뱀가죽만 남는다.

　나림은 외국어를 별 해설 없이 사용한다. 소설을 읽다
사전을 찾은 적이 한두 번이 아니지만 신선하다. 나는 나
림의 소설에서 코케트리(Coquetry)란 단어를 배웠다. 미
태(媚態)나 요염이란 표현을 쓸 수도 있으나 굳이 코케트
리라고 하니 그 뉘앙스가 남다르다. 아포리아(Aporia)란
용어도 플라톤을 읽기 전 나림 소설에서 먼저 알게 되었
다. 아포리아는 막다른 골목이란 뜻이다. 도저히 해결방
도가 없는 난관에 봉착하는 것이다. 플라톤의 저술에 나
오는 소크라테스의 교수법이기도 하다. 진진무궁(盡盡無
窮)으로 질문을 하다보면 아포리아에 빠져 스스로 무지를
알게 된다.

　다음, 소설을 정독하는 이유는 소설은 어려운 주제를
이야기로 풀어주기 때문이다. 이야기가 꼭 쉽다는 뜻은
아니지만, 그래도 이해를 돕는 데는 효과적이다. 이를테
면, 권력과 예술의 탄생을 이문열의 중편 「들소」처럼 흥

미롭게 다룬 소설은 드물다. 권력으로 포장된 폭력의 생성과 몰락 이야기를 『우리들의 일그러진 영웅』만큼 재미나게 그린 소설도 귀하다. 이문열의 이야기엔 힘이 있다.

권력이란 주제를 말할 때 프랭크 바움이 쓴 『오즈의 마법사』는 훌륭한 자료다. 이 정치 소설은 영화로 만들어져, 80여 년이 지난 지금까지도 17세 소녀 배우 주디 갈란드가 부른 주제곡 'Somewhere over the Rainbow'가 유행하고 있다. 영화는 동화 같은 스토리와 아름다운 음악으로 가족이 함께 볼 수 있는 'ALL' 등급이지만, 원작 소설은 솜으로 싼 바늘처럼 우화로 당시의 정치경제를 비판한 수작이다.

이를테면 『오즈의 마법사』에서 오즈는 금은을 세는 단위다. 그리고 마법사는 정치인이다. 제목에서부터 당시금 본위제도를 은 본위로 바꾸자는 주장인데, 캔자스 시골의 소녀 도로시가 신은 은색 구두가 바로 그 은유다. 미국은 19세기 말부터 농업국가에서 산업국가로 전환하기시작하는데, 그 과정에서 농민과 노동자 상당수는 몰락해가고 산업 금융 자본가들은 흥성하게 된다. 바움은 그런정치현실을 비판한 것이고 그걸 수습하는 작업은 마법사인 당시 매킨리 대통령이 해야 한다는 뜻을 표현한 것이다. 그리고 용기가 부족한 사자와 두뇌가 없는 허수아비,

마음이 없는 양철남은 제각기 부족한 것을 얻기 위해 도로시와 함께 마법사를 찾아간다.

작가 바움은 당시 큰소리만 치고 무능하기 그지없는 야당 대통령 후보를 겁 많은 사자에, 중서부 지역의 맥 놓은 농민을 뇌가 없는 허수아비에 그리고 부초와 같은 도시 노동자를 심장 없는 양철공에 비유한 것이다. 이들은 자신의 부족한 부분을 채우기 위해 노란 벽돌 길을 따라 여행한다. 그 과정에서 겪는 다양한 곡절 하나하나 정치적 함의가 농후하다. 나는 정치학 수업의 권력 강의 때 먼저 『오즈의 마법사』를 소개했다.

같은 맥락으로 나림의 소설들은 한국 현대 정치를 공부하는데 꼭 필요한 교재다. 『해방전후사의 인식』과 『전환시대의 논리』도 읽어야 하지만 『관부연락선』과 『소설 남로당』 그리고 『지리산』과 『산하』도 더 없는 사회과학 텍스트다. 그리고 『그해 5월』만큼 혁명 또는 쿠데타의 정열과 허망을 적나라하게 보여주는 소설은 귀하다. 『장자에게 길을 묻다』는 아나키즘 이해의 친근한 향도이고, 『허균』은 니힐리즘의 한 전형이다. 『바람과 구름과 비』는 망국의 참담함과 신(晨)이란 새 나라 세우기의 열정을 그린 대 서사시다. 네이션 빌딩을 위한 기막힌 설계도다. 한국 현대사 특히 해방전후 복잡다단한 시대의 역사를 이해하는데 나림의 소설만큼 균형감 있고 유익하며 흥미로운 자료는 없다. 넓은 시야와 깊은 내공을 꼭 딱딱한 문장으로 된 텍스트가 아닌 술술 읽히는 소설을 통해 배울 수 있다면 불감청고소원 아니겠는가.

나림에게 소설은 "지성과 대중을 상대로 통합 인간학을 강조하는 유용한 수단"이다. 그러니 소설은 흥미와 동시에 그 흥미의 의미를 제공해야 한다. "남의 인생까지도 살아보고 싶어 하는 불령한 욕망 내지는 불가능한 욕망을 대행하는 건 소설밖에 없는" 것이다. 나림의 소설은 대중적으로 수용되었다.

거기에다 나림 만의 문학관이 분명하다. 역사의 비정함을 보상하는 것이 문학이며, 현실에서 해소되지 않은 딜레마를 기록하는 것이 문학이라는 신념이다. 그런 믿음으로 나림은 "역사는 산맥을 기록하고, 나의 문학은 골짜기를 그린다."고 호언했다. "햇빛에 바래면 역사가 되고, 달빛에 물들면 신화가 된다."는 『산하』의 서문이 바로 그 맥락이다. 작가란 햇빛에 바랜 역사를 새로 쓰는 복원자다. 역사는 승자의 기록이므로 결과를 중시하지만 작가는 무명의 패배자들에게 발언권을 주고 결과가 아닌 동기와 과정을 달빛에라도 비추어주는 역할을 하는 것이다. 나림의 소설은 재미와 교양을 함께 주고, 읽을 때의 즐거움에 더

이병주 문학비

역사는
산맥을 기록하고
나의 문학은
골짜기를 기록한다

이병주 어록에서

해 다 읽고 나서의 여운이 길다. 그렇게 나림은 한 시대 청년들의 정신적 대부였다.

이병주는 "거대한 회색의 정원"이다. 빨간색도 검은색도 흰색도 아닌 회색이어서 더욱 빛나는 위인이다. 색깔을 벼슬처럼 자랑하거나 또는 숨기기 급급한 풍토에서 당당하게 회색을 표방한 대인이다. 물론 나림은 "흠이 많은 사람"이다. 그의 자유분방함은 때로 주변을 불편하게 했고, 사치스러운 취향은 말년에 상당한 태작(駄作)을 낳게 했다. 절륜의 에너지와 넘치는 박학강기를 더 멋진 라이프워크 작품에 집중하지 못한 것은 여한이다. 하지만 도스토옙스키에게 도박과 빚을 나무라는 게 무슨 의미가 있겠나.

나에게 나림은 어느 누구보다 친절하고 뜨듯한 향도(嚮導)였다. 딱히 엄하지도 굳이 어렵게 만들지도 않으면서 슬슬 술술 가르침을 베푸는 스승이었다. 무릇 작가는 하고 싶은 말이 있기 마련이고, 그 말을 독자들이 듣고 싶은 이야기로 만들 줄 알아야 한다. 그런 의미에서 나림은 가슴 한 가득 온갖 사연이 있으며, 그 절절한 사연을 달달한 당의에 싸서 독자에게 전해주는데 탁발한 재능이 있는 것이다. "김수영의 술자리가 울분에 찬 시인의 난장이었다면, 이병주의 술자리는 산문적 정치인의 연회석이었다." 나림의 작품은 역사소설의 전범(典範)이고, 지식인 소설의 전형이다. 그의 소설을 읽는 것 자체로 교양이 늘고 지적 자극을 받게 된다. "돌아보기와 내다보기의 균형이 지식인의 미덕이자 책무"라고 한다면 나림은 그 미션을 충분히 수행했다.

고 이윤기 작가가 즐겨하던 말이다. "죽은 지 10년이 지나도 독자들이 작품을 찾는다면 괜찮은 작가다. 작가에 대한 평가는 사후 10년이 지나야 한다." 이윤기의 자존감이 느껴지는 대목이다. 나림 이병주도 그 범주에 드는 작가임에 틀림없다. 활동 시기나 전성 시기보다 오히려 사후에 더욱 평가 받고 있는 작가라 할 수 있겠다.

『이병주 평전』을 쓴 안경환의 평처럼, 생전에 "문화 권력의 기지인 대학과 문단에 입지가 없고, 똘마니를 키우지 않았으며, 패거리를 만들지 않은 채" 모든 영욕을 홀로 누리고 감당했던 나림이다. 한때 동시에 다섯 신문과 잡지에 연재소설을 썼으며, 외제차를 타고 다니고, 고급 음식점과 술집에서 사치를 부리는 나림을 주변에선 부러워하면서도 시기했다. 나림은 "인생은 쑥스럽더라도 다소 허세를 부리며 살지 않곤 견딜 수 없었다." 살아서는 그저 대중 소설가 또는 베스트셀러 작가로 치부되고 문단의 질투와 외면도 많이 받았다. 하지만 사후엔 대 작가로 재평가되고, 좌우를 가리지 않고 많은 문인들이 그를 기린다. 독자들은 불세출의 그를 정말 그리워한다. 나는 나림의 작품을 읽고 또 읽는다.

나림이 남긴 말과 글, 남은 자에게 갈수록 큰 울림이 된다.

어떤 주의를 가지는 것도 좋고, 어떤 사상을 가지는 것도 좋다.
그러나 그 주의, 그 사상이 남을 강요하고 남의 행복을 짓밟는
것이 되어서는 안된다.

－「삐에로와 국화」에서

나는 이 나라에서 문학이 가능하자면, 역사의 그물로써 파악
하지 못한 민족의 슬픔을 의미로 모색하는 방향으로 슬퍼해
보는 데 있다고 믿는 사람이다.

－「지리산」에서

나는 자유

초판 1쇄 : 2023년 5월 3일

글	조광수
펴낸이	임규찬
펴낸곳	함향 출판등록 제2018-000007호
주소	부산광역시 동래구 명륜로69 상가동 1001호
E-mail	phil8741@naver.com
블로그	blog.naver.com/hamhyangbook
편집디자인	씨에스디자인
인쇄	인쇄출판 유신

ISBN 979-11-978814-9-7
가격 : 15,000원

도서출판 **함향**은 **함**께 **향**유합니다.

* 본 출판물은 〈2023 우수출판콘텐츠 제작지원〉 사업의
일환으로 부산광역시와 부산정보산업진흥원의 지원을
통해 제작 되었습니다.

부산정보산업진흥원
Busan IT Industry Promotion Agency